나는 괜찮아요

뚜오앙 · 하아모 에세이

나는 괜찮아요(개정판)

1쇄발행 2016년 1월 30일
2판3쇄발행 2023년 6월 26일

지 은 이 박영현
펴 낸 이 이기성
편집팀장 이윤숙
기획편집 윤가영, 이지희, 서해주
표지디자인 이윤숙
책임마케팅 강보현, 김성욱
펴 낸 곳 도서출판 생각나눔
출판등록 제 2018-000288호
주   소 경기도 고양시 덕양구 청초로 66 덕은리버워크 B동 1708호, 1709호
전   화 02-325-5100
팩   스 02-325-5101
홈페이지 www.생각나눔.kr
이 메 일 bookmain@think-book.com

• 책값은 표지 뒷면에 표기되어 있습니다.
  ISBN 979-11-90089-86-9(03810)

• 이 도서의 국립중앙도서관 출판 시 도서목록(CIP)은 서지정보유통지원시스템 홈페이지
  (http://seoji.nl.go.kr)와 국가자료공동목록시스템(http://www.nl.go.kr/kolisnet)에서 이
  용하실 수 있습니다(CIP제어번호: CIP2019041121).

나는 괜찮아요

박영현 지음

느린 걸음으로 걸어야만 했던
사람들의
또 다른 세상 이야기

최신 개정판

도서출판 생각나눔

개정판을 내면서 _

  초판이 나온 지 벌써 3년이 지났다. 그 사이 많은 환자들을 만났다. 그리고 치료실은 여전히 환자들로 가득하다. 새로운 환자가 없으면 오래된 환자들이 그 자리를 채우고 다시 새로운 환자가 많아지면 오래된 환자를 밀어낸다. 그렇게 항상 치료실이 채워진다. 이유는 딱 하나, 완치를 보장받지 않았기 때문이다. 그렇게 18년을 함께했다.

2019. 10월

박영현

머
　리
말

어려서는 병원의 소독약 냄새가 싫었다.

그동안 많은 사연들이 있었다. 그들의 안타까운 사연을 일일이 기억하지 못하고 겨우 기억에 남아있던 몇몇 사연들을 정리해보기로 했다. 하지만 기억의 한계 때문에 더 이상 글을 진행할 수 없었다. 그리고 그 사실을 만들기 위한 인터뷰가 진행됐다.

내가 알던 그들의 오래전 사실들과는 상당히 달랐다.

어리석게도 환자의 증상에서 보이는 객관적 사실 위주의 치료와 접근만이 그들을 이해하는 유일한 통로하고 생각했던 것이다.

아슬아슬하게 한 발짝씩 내걷는 그들의 뒷모습을 이해하는 데 참으로 오래 걸렸다.

이 작업을 하면서 그들의 아픈 기억을 다시 상기시키지는 않을까 조심스러운 걱정을 했다. 이야기를 되짚는 과정에서 눈물짓는 분들이 많았기 때문이다. 그래서 환자분들의 개인정보나 신상을 밝히기 어려웠다. 등장인물 모두가 가명일 수밖에 없는 이유가 된 것이다. 무엇보다 특징지어질 수 있는 일부 사연들이 있어 수정과 각색이 필요했다. 혹여나 그렇게 보이는 그들의 이야기가 본문 그대로의 사실이 아님을 인지해주셨으면 한다.

이들은 절대 선택받은 사람들이 아니다.
그렇다고 선택받지 못한 사람들도 아니다.
우리 곁에서 우리보다 조금 더 불편하게 살아가는 사람들일 뿐 그 이상도 그 이하도 아니다.

우리에겐 차가운 동정이 아닌, 이해와 배려의 따뜻한 시선으로 먼저 그들을 바라보는 용기가 필요하다.

그리고 무엇보다 건강한 몸으로 할 수 있는 많은 것들을 포기하고 세상과 운, 그리고 남들과 비교된 자신의 초라함을 탓하며 살지 않도록 우리 모두의 삶을 소중하게 지켜가야 할 것이다.

의료진을 비롯해 느린 걸음으로 그들에게 발맞춰주는 세상의 수많은 동료 재활치료사들에게 그 수고스러움을 대신해 감사함을 전한다.

2016. 1월

박영현

차례

개정판을 내면서

머리말

제1부

환자 시선

사랑해요, 할머니

　저는 가수가 꿈인 여동생과 컴퓨터 부품회사에 다니는 두 살 터울의 형, 화물차를 운전하시는 아버지, 그리고 세상 누구보다 저를 아껴주시는 할머니와 함께 사는 조민호라고 합니다.

　아버지는 공장에서 맥주를 받아 전국 각지로 실어나르는 화물차 운전기사입니다. 나르는 맥주만큼이나 많은 양의 술을 드시는 바람에 자주 사건·사고를 일으키셨습니다. 결국, 음주 운전사고로 인해 온 가족의 생계가 달린 차를 폐차시켜야 했고, 회사를 그만두셔야만 했습니다.

　아버지는 면허를 재취득하기까지 시간을 오히려 휴가처럼 사용하셨습니다. 술은 여전히 끊지 못하셨고, 급기야 노름까지 손을 대 할머니의 속을 썩이셨습니다. 폭력과 폭행으로 몸도 많이 상하셨습니다. 하루가 멀다 하고 반복되는 일상이 어머니를 밀어냈고, 그 자리는 온전히 할머니 차지가 되었습니다. 아버지의 술주정은 밤낮을 가리지 않고 계속되어 갔고, 아직 학생인 저희는 계속 학교를 다녀야 했습니다. 생활비도 필요했습니다. 수입은 없고 계속 늘어나는 빚에 할머니는 동네 조그만 식당에서 주방 보조 일을 시작하셨습니다. 설거지도 하시고, 심부름도 하시고, 돈을 벌기 위해 굽은 허리 한번 쉽게 펴지 않으셨습니다. 그렇게 버신 돈으로 우리 가족은 생계를 이어갔습니다.

전교 2등은 딱 한 번, 제 앞에 그 누구도 허락하지 않았습니다.

서울대에 합격했습니다. 저를 잘 아는 사람들은 놀라지 않았습니다. 당연한 결과였습니다. 하지만 장학금을 받지 못한다는 사실에 고민을 넘어선 결단이 필요했습니다.

지역의 국립대에서 합격 통지서가 날아왔습니다. 여기는 4년 장학금을 보장해줬습니다. 고민을 해결했습니다.

아버지는 자꾸만 구부러지는 할머니의 등 때문이었는지, 저의 꿈과 미래가 좌절되는 과정을 지켜보셔서인지는 모르겠습니다만, 다시 일을 시작하셨습니다. 그렇게 아무 일 없다는 듯 쉽게 자리로 돌아오셨습니다. 새벽에 나가 전국을 돌며 밤늦게 돌아오시는, 반복되는 피곤한 일상에도 그 어떤 내색도 없이 열심히 사셨습니다.

할머니는 80에 가까운 연세에도 일을 하셨습니다. 하지만 이내 곧 식당을 그만두시게 됩니다.

눈을 떴습니다. 여기가 어딘지, 자신이 누군지 묻는 아버지의 목소리가 들립니다. 곧이어 할머니, 동생, 형의 목소리도 들립니다. 대답을 하고 싶지만, 숨이 거칠어 말하기 어렵습니다. 잠시 자고 일어나면 대답할 수 있을 것 같았습니다.

대학에서 맞이하는 첫 시험입니다. 시험이라면 자신 있었지만, 대학의 시험은 괜히 긴장됐습니다. 늦은 저녁이었습니다. 아니, 밤이었던 것으로 기억합니다. 도서관에서 나오는 길에 친구를 만났습니다. 어릴 적부터 집안끼리도 친하게 지내던 녀석이었습니다. 공부에 흥미 없이 학교 주위를 맴돌던 녀석이 정신을 차렸는지 저와 같은 대학에 오게 되었던 것입니다. 저는 가끔 저희 집에서 멀지 않은 곳에 살고 있는 녀석의 오토바이를 얻어 타고 다녔습니다. 오늘도 그렇게 저희는 캠퍼스에 굉음을 남겨둔 채 빠르게 멀어져 갔습니다.

한참을 달려 집에 다다를 즈음, 크게 휘청이는 느낌을 받았습니다.

그게 제 기억의 전부입니다.

저는 왼쪽 뇌를 크게 다쳤습니다. 도로 바닥에 부딪히는 바람에 오른쪽 뇌마저 충격을 입어 양쪽 뇌가 다친 거나 다름없었습니다. 제 삶을 유지하기 위해서는 많은 의료장비가 필요했습니다. 기관 절개(tracheotomy)를 통한 산소 호흡이 필요했고, 심전도는 항상 가슴에 부착되어 있어야 했습니다. 혈압뿐만 아니라 산소포화도도 계속해서 체크해야 했습니다. 무엇보다 기계음 변화에 주의를 기울여야 했습니다. 더구나 링거와 콧줄을 통해 영양분을 공급받아야만 했고, 기저귀와 소변 줄을 통해 배설을 해야만 했습니다. 그리고 이 모든 건 제가 아닌 다른 사람의 손을 빌려야 했습니다.

친구가 왼쪽 팔에 반깁스하고 나타났습니다. 그의 아버지 또한 미안한 표정으로 한 손에는 음료수 한 상자를 들고 계셨습니다. 친구는 얼굴을 들지 못했습니다. 눈물까지 흘리는 친구 곁에서 그의 아버지는 연신 죄송하다는 말을 뱉어냈습니다. 쉼 없이 뱉어냈습니다.

몸에서 여러 장비가 하나하나 떨어져 나갈 때쯤 제 몸에는 다른 문제가 생겼습니다. 욕창이 생긴 것입니다. 아무래도 고령의 할머니가 간호하시다 보니 2시간마다 체위 변경이 어려웠던 것 같습니다. 엉덩이 위쪽에 생긴 욕창은 어른

주먹 하나 크기로까지 커졌고, 그로 인해 체위 변경은 더욱 어려워질 수밖에 없었습니다.

교통사고로 인한 인사사고는 형사 건입니다.

같은 동네에서 20년을 함께 보낸 친구였고, 아버지 또한 그의 아버지와 막역했습니다. 만일 두 분이 서로 뒤바뀐 상황이었더라도 그 심정을 이해해줬을 것이라며 친구의 아들을 용서해 주셨습니다. 그리고 제게는 자식 키우는 부모의 마음은 모두 같다며 더 이상 그 친구에 대한 이야기는 하지 않으셨습니다. 저는 눈만 껌벅일 수밖에 없었습니다. 할머니는 병원에만 계실 수 없었습니다. 집에서도 할머니의 손길이 필요했습니다. 아직 중학생인 막내 여동생을 살필 섬세함이 필요했고, 자꾸만 거르시는 아버님의 식사도 걱정해야 했습니다. 그리고 무엇보다 저를 뒤집을 만한 힘을 할머니 혼자서 감당하기에는 무리가 있었습니다.

새벽에 출근하시는 아버님이 불편한 밤을 보낸 저를 반대쪽으로 뒤집혀 줍니다. 아침에 출근하는 형이 다시 제자리로, 그리고 점심 무렵 할머니가 온 힘을 다해 다시 뒤집혀 줍니다. 학교가 끝난 동생과 할머니가 다시, 그리고 형이 퇴근하고 마지막으로 아버지가 들어오십니다.

아버지가 화가 잔뜩 나셨습니다. 살기까지 느껴질 정도니,

저는 자는 척을 할 수밖에 없었습니다. 할머니와의 이야기가 가깝게 들립니다.

동네에 이상한 소문이 돈다고 합니다.

제 사고에 관한 이야기입니다.

그날 사고는 집에 가려는 친구에게 제가 태워달라고 했으나, 친구는 완강하게 거절했다고 합니다. 하지만 늦은 저녁에 집에 가기 어려운 제가 사정했고, 어쩔 수 없이 친구가 태워줬다고 합니다. 그리고 사고 후에는 아픈 팔로 응급처치까지 해줬으며, 사고 신고를 재빠르게 했기 때문에 그나마 살아있는 것이라고 했습니다.

저는 아무것도 할 수 없는 중증의 환자입니다….

아버지는 민사소송을 준비하셨습니다. 형사소송 건을 합의하고 나서 달라진 그들의 행동은 자신의 섣부른 결정 때문이라고 생각하셨던 것 같습니다. 아들에 대한 죄책감은 그만큼 분노를 만들고 있었습니다. 사고는 어쩔 수 없다지만, 한 아이의 인생을 가지고 뒷이야기를 만드는 그들을 절대 용서하지 않겠다고 하셨습니다.

그러나,

소송을 제기하기도 전에 저는 사랑하는 그들의 곁을 떠나야 했습니다.

할머니의 손길을 마지막으로.

*

인사도 하지 못하고 떠나서 죄송합니다.
그리고 사랑합니다.
아버지, 어머니, 형, 동생, 그리고 저 때문에 누구보다 힘
드셨을 할머니.

막내아들

"오늘 점심은 제가 사겠습니다. 뜨끈한 추어탕 한 그릇 드시러 가시죠."

점심시간보다 조금 일찍 직원들을 데리고 나왔습니다.

날씨가 더워지면서 직원들의 사기는 점점 떨어지고 있었습니다.

현장에서는 폭염을 이유로 인부들이 공사 중단을 외치고 있었습니다. 장마 때문에 늦어진 공사가 무더위까지 겹치면서 대금결제는 계속 미뤄지고 있었고 인부들마저 일을 하지 못하겠다고 하니, 회사 입장에서는 곤혹스러울 수밖에 없었습니다. 대금 결제가 늦어지면 회사의 손해도 손해였지만, 저희 경리부에서 많은 책임을 떠안아야 했습니다. 그리고 그 누군가는 문책성 질책을 받는다는 것을 팀원 모두 잘 알고 있었습니다.

횡단보도 건너편에 장어인지, 미꾸라지인지 모를 정도로 못생긴 그림과 함께 원조 추어탕이라고 쓰인 간판이 보였습니다. 특별한 맛의 이유가 없는데도 그 집은 항상 사람들로 가득 찼습니다. 대체 어디서 미꾸라지를 공수해오는지 의심이 될 정도였으니까요. 특히, 이렇게 무더운 날에는 뙤약볕 아래에서 10여 분 이상 줄을 서야 겨우 입장할 수 있었습니다.

그래서 조금 서둘러 나갔습니다. 1분의 차이가 만드는 줄의 길이와 뜨거운 햇볕의 양을 가늠할 수 없었기 때문입니다.

벌써 줄이 길게 서 있습니다.

이윽고 횡단보도에 초록색 불이 켜졌습니다.

"끼이익! 쿵!!"

눈부신 파란 하늘이 제 눈앞에 펼쳐졌습니다.

태양마저 강렬해 눈을 뜰 수가 없었습니다.

그리고 뒤통수가 뜨거워졌습니다.

온몸이 무거워지며 정신이 아른거렸습니다.

본능적으로 의식을 잃으면 안 될 것 같다는 생각이 들었습니다.

그래서 자꾸 감기는 눈꺼풀을 억지로 밀어 올리며 버텼습니다.

누군가가 다가오는 소리에 눈을 떴습니다. 검은 양복을 말끔하게 차려입은 남자의 얼굴이 제 얼굴 가까이 다가왔습니다. 진한 화장의 인상이 강하게 느껴지는 얼굴을 피해 고개를 돌렸습니다. 하필 고개를 돌린 곳에는 검은색 차 한 대가 있었고, 그 안에서 한 남자가 저를 향해 손짓을 하고 있었습니다.

어서 오라고.

나중에 들은 말이지만, 병원에서도 마지막을 준비하라고 했다고 합니다.

다친 곳이 많았습니다. 특히, 머리는 흉터에 비할 바 못되는 상당히 심한 손상을 입었습니다.

현재 저는 가까운 사람들만 알아들을 수 있는 언어를 사용합니다. 그리고 복잡하고 어려운 건 생각하지 않습니다. 사람들은 제가 집중력이 부족하고 참을성이 없다고 합니다. 특히, 재활치료를 받을 때는 같은 말을 반복하게 하는 이상한 재주가 있다면서…. 하지만 저는 세상에 대해 호기심도 많고 이성에 대해 관심도 많은, 수다쟁이 50대 아저씨일 뿐 남들과 다르지 않습니다.

다른 점이라고 하면 손대신 발을 이용해 휠체어를 운전하는 것 정도입니다. 휠체어는 왼손이 날아다녀 오른손으로는 좌회전밖에 못 하지만, 발을 구르면 남들처럼 이동이 가능합니다.

식사도 마찬가지입니다. 고기는 씹기 좋게 잘게 잘라서 먹고, 생선은 발라주면 먹을 수 있지만 굳이 먹지 않아도 상관없습니다. 좋아하는 국은 잘게 자른 다음 밥을 말아 국물은 버리고 먹으면 됩니다.

하지만 아버지는 다르게 느끼시는 것 같습니다. 다른 사람과 의사소통이 힘들고 생각이 단순하다고 말씀하십니다. 오랫동안 누워만 있던 제가 휠체어 생활을 하는 모습을 보시고 걸을 수 있다는 막연한 희망을 품기도 하셨지만, 이제는 누군가의 손을 빌려야만 밥을 먹을 수 있는 저를 보시며 느끼시는 게 참 많으신가 봅니다.

아버지는 올해 연세가 84이십니다. 제 나이가 올해 51세.

비록 결혼하지 않고 혼자 사는 막내아들이기에 걱정하시는 것은 당연하다고 생각합니다. 다른 분들도 막내는 유난히 걱정하시더라고요. 하지만 아직도 병원에서 아가로 부르시는 통에 고개를 들고 다닐 수가 없습니다. 아가라니요.

간병사와 함께 병원 생활을 하고 있어 어려운 점도, 힘든 점도 없지만, 아버지는 매일 버스 두 번과 택시 한 번을 타고 오셔서 제 안부를 살피고 가십니다. 절뚝거리는 걸음으로 오셔서 밥은 잘 먹었는지, 약은 빠뜨리지 않고 잘 먹었는지, 재활치료는 잘 받고 있는지 등을 확인하시고 오후 4시쯤 다시 집으로 가십니다.

*

"막내 녀석입니다.

남들은 어찌 생각할지 모르지만, 저희 부부에게는 참 아픈 손가락입니다. 중환자실에서 두 달 가까이 힘겹게 버텨준 고마운 녀석입니다. 가슴에 묻을 뻔했지만, 그래도 저 녀석이 효자인지라 쉽게 끈을 놓지 않았던 것 같습니다.

그 녀석은 남의 식구가 들어오게 되면 부모·자식 간이라고 해도 멀어질 수밖에 없다고 철석같이 믿던 아이였습니다. 부모에 대한 존경과 사랑이 다른 사람으로 인해 변해가는 과정과 그 이유에 대해 막연한 거부감을 표시했고, 그 녀석 스스로도 솔직히 자신이 없다고 했었습니다. 그래서 한사코 결혼을 하지 않겠다고 버텼습니다.

하지만 그 선택은 저희 부부와 아이에게 닥칠 지금의 현실을 전혀 예상치 못하게 했던 악수(惡手)였습니다. 결혼이라도 했으면 배우자가 곁에서 성심껏 간호하련만, 다 늙어빠진 노인네 둘이서 자기 힘도 못 이기는 주제에 병간호한다고 달려들었으니, 이 녀석이 얼마나 한심해했을까요?

사고 후에는 이 녀석이 쉽게 걸을 것만 같았습니다. 오랜 시간이 걸리기는 했지만, 팔다리의 움직이는 양이 워낙 많았기 때문입니다. 휠체어도 혼자 밀면서 이동할 줄 알았습니다. 오른손으로 휠체어를 미는 모습을 보고 곧 왼손도 돌아올 줄 알았습니다. 그리고 무엇보다 자신의 의견을 정확하게 말할 줄 알았습니다.

시간이 지날수록 생각해보니 그 녀석에게 너무 욕심을 부렸던 게 아닌지 후회가 됩니다. 먼 길을 돌아온 것 같기도 하고, 가지 말아야 할 길을 다녀온 것 같기도 합니다. 부모 마음이 매한가지겠지만, 이제는 그 녀석이 걷지 않아도 되고 왼손을 사용하지 않아도 됩니다. 굳이 많은 말을 하지 않아도 됩니다. 그저 늙은 아비의 한 가지 소원이라면 앞으로 이 녀석이 많은 사람들에게 눈치받는 행동 하지 않고 살았으면 합니다. 있는 듯 없는 듯 그렇게…."

딱 히

"한국으로 들어오너라."

뉴욕에서 공부하고 있던 저에게 엄마는 되묻지 못할 만큼 단호하게 말씀하셨습니다.

앙상하게 야위어 가는 딸의 건강이 염려되셨나 봅니다. 부모님은 고민 끝에 결단을 내리셨습니다.

저는 디자이너가 꿈이었습니다. 특히 시각디자인에 관심이 많았습니다. 국내 대학을 졸업하고 23살이 되던 해 한국을 떠났습니다. 디자인 학교에서 순수미술을 전공했고, 다시 프린트메이킹(printmaking)과 타이포그래피(typography)를 배우기 위해 두 학교에 더 다녔습니다. 그렇게 편입을 반복하면서 공부했던 시간이 자그마치 8년, 내 나이 31살.

공부가 좋았고 선택을 후회하지 않는 미래를 상상했습니다. 하지만 대학원 진학을 앞둔 시기의 저는 사람의 모습이라고는 할 수 없을 만큼 야위고, 불쌍하리만큼 마른 모습으로 서로를 마주하고 있었습니다.

완벽한 디자인에 대한 무한한 집착, 그리고 그로 인한 엄청난 스트레스는 생각과 다르게 너무 참혹한 결과를 가져다주었습니다. 하루 수십 잔의 커피와 한두 시간의 수면은 일상의 리듬을 바꿔버렸고, 식사방법과 식사량 또한 달라질 수밖에 없었습니다. 결국에는 먹는 것조차 귀찮아지고 거부감마저 들기 시작했습니다. 그렇게 변해버린 제 모습이 부모님의 결단에 커다란 영향을 미치게 된 것입니다.

살기 위해서는 꿈을 접어야만 했고, 접힌 그 꿈은 휴식이 끝나고 나면 다시 펼칠 수 있으리라 생각했습니다. 하지만 현실은 제 생각과 달랐습니다.

어머니는 곁에서 일을 배우라 하셨습니다. 어머니는 웨딩숍을 하십니다. 하지만 공부하느라 화장 한번 제대로 해보지 않은 저는 메이크업에 어떤 관심도, 재미도 붙일 수가 없었습니다.

누구의 제약도 없었지만, 하고 싶은 일도 없었습니다. 집안에 있으면 답답했고, 돌아다녀 봐도 제 흥미를 끌 만한 일을 찾지 못했습니다. 저는 점점 작아지고 있었습니다.

그렇게 우울증이 찾아왔습니다. 그리고 그 우울함은 어느 것으로도 달랠 수도, 채울 수도 없었습니다.

결국, 거식증으로까지 발전하면서 체중은 끊임없이 내려갔습니다. 그 어떤 식사도 거부하고, 목으로 넘길 수 있는 어떤 음식도 입에 대지 않았습니다. 병원에서 재본 몸무게가 29kg이었으니, 이만하면 환자가 되기에 충분했습니다.

이렇게 극단을 오갔습니다.

그래도 다시 살이 찌면 일상에 쉽게 복귀할 줄 알았습니다.

하지만 불행하게도 폐렴이 찾아왔고, 결국 척수염에 이르렀습니다. 감각 이상뿐만 아니라 팔과 다리의 근육이 약해지면서 자세를 불안정하게 만들고, 심지어 보행에 장애를 남기는 이루 말로 다하기 힘든 고약한 질병입니다.

벌써 5년.

비쩍 마른 체중은 사람을 더욱 환자로 보이게 했고, 휠체어를 탈 수밖에 없는 신체 움직임은 그를 증명할 수 있었습니다.

하지만 무엇보다 힘들었던 게 숨쉬기였습니다. 다른 척수염 환자와는 다르게 호흡 근육까지 약해져 기관 절개를 할 수밖에 없었고, 투병기간 내내 입과 코가 아닌, 목을 통해

숨을 쉬어야만 했습니다. 한때 호흡이 가벼워져 절개를 막
는 연습도 시도해봤지만, 코와 입은 주인 뜻이 아닌 다른
그 누군가의 명령을 받고 있었습니다. 죽을 뻔했습니다.

링거와 콧줄에 의지한 채 영양분을 공급받으며 살았습니
다. 하지만 거울에 비친 30대 초반의 아가씨 몰골은 그 의
지를 꺾기에 충분했습니다.

그래도 살려고 했습니다.

지금은 먹고 싶은 음식을 마음대로 먹을 수 있는 여건이
됐지만, 이제는 아무리 먹어도 살이 찌지 않는 반대의 상황
을 겪고 있습니다. 다만, 아직 목으로 호흡하는 위험한 상황
이라 되도록 묽은 음식은 삼가야 하며, 혹시 모르니 긴장의
끈을 놓아서는 안 됩니다.

몸이 세심하게 움직이지 못합니다. 집중하면 할수록 더욱
흔들리는 손을 보며 미련 없이 꿈을 버려야만 했습니다. 손
만큼은 뜻대로 움직여주길 바랐는데….

재활훈련에 힘써봤지만 한번 떨어진 체력은 쉽게 회복하
지 못했습니다. 힘을 주는 근육마다 통증이 찾아와 진통제
가 없이는 하루도 견디기 어려웠습니다.

글을 쓰기도 어렵습니다. 더구나 걷기도 어렵습니다. 일상
에서 실수 없이 제가 할 수 있는 일은 대답과 명령밖에 없습

니다. 실수가 있어도 크게 개의치 않으신다면 음료수 한 잔 따라드릴 수 있습니다.

물리치료사 선생님이 치료 중 물었습니다.

"그럼 현지 씨는 꿈이 뭐예요?"

신에게 아프기 전의 모습을 찾아달라고 기도해야 할지, 아니면 말 잘 들을 테니 제발 살려달라고 의사선생님에게 사정을 해야 할지 모르겠습니다. 하고 싶은 일을 하고 싶다고 욕심을 부려야 할까, 그냥 살려달라고만 해야 할까, 도저히 답을 찾을 수 없는 현실에서 꿈꿀 수 있는 건 아무것도 없었습니다.

지금은 그냥 그렇습니다. 딱히 슬프지도 기쁘지도 않은.

유일한 낙이라고는 아침마다 커피숍을 찾아가는 것입니다.

수많은 메뉴를 보며 하루 한 가지 메뉴씩 시켜봅니다.

위에서 아래로.

순서대로.

병원 근처 커피숍에 오실 때는 제게 연락을 주십시오.

추천해드리겠습니다.

정문 앞 커피숍은 아메리카노가 가장 맛있는 것 같습니다. 지나칠 때마다 코끝을 강하게 잡아끄는 진한 커피 향이 가게 안을 들여다보지 않을 수 없게 만들기 때문입니다.

혹시 모카에 휘핑크림을 얹어야 한다면 횡단보도를 건너셔야 합니다. 그 집은 한 컵 가득 담아주는 풍성한 크림이 일품으로 꼭 한 번은 마셔봐도 좋을 듯합니다.

참, 안타깝게도 저와는 마실 수 없을 것 같습니다. 저는 시각적인 향에만 길들어있거든요.

휠체어 나들이

저는 1급 지체 장애인입니다. 교통사고로 흉추와 요추 여러 개를 다치는 바람에 장애인이 되었고 나머지 삶은 앉은 키 120cm를 넘지 않았습니다. 서른다섯이면 젊은 나이입니다. 결혼을 하지 않아 짐을 지워줄 아내나 아이가 없다는 게 다행이라면 다행이었습니다. 더 다행인 건 불편한 다리에 비해 두 팔이 자유로워 모든 일상생활이 가능하다는 것입니다. 샤워도 가능하고 음식도 혼자 잘 차려 먹을 수 있습니다. 평범한 남자들이 할 수 없는 것들 즉, 복잡한 요리라든지 뭘 꿰맨다든지 와 같은 여자들만의 깊은 속성을 제외하고는 남의 도움 없이 지낼 수 있습니다. 물론, 누가 있으면 제가 할 때보다 쉽고 빠르게 일을 처리하겠지만 그렇다고 그 차이가 많이 나는 것도 아닙니다. 다만, 실내라는 제한이 있을 때만 그렇다는 말입니다.

다치고 나서부터는 병원에 가는 것 이외에 외출이라는 것을 하지 않았습니다. 솔직히 외출할 이유가 많지 않았던 것입니다. 필요한 건 온라인으로 가능했기 때문에 굳이 나갈 필요가 없었고, 반찬을 비롯한 일상의 필요함은 부모님이 채워주셨습니다. 외출이 필요한 경우에는 장애인 콜택시를 부르면 됩니다. 가격도 저렴하고 휠체어에 탄 채 탑승할 수 있어 승용차나 택시에 비해 번거롭지 않습니다. 그리고 나라에서의 도움도 받았습니다. 활동보조 선생님이 집에 들러 청소랑 집안 정리를 해주시고 제가 할 수 없는 잔심부름까지 해 주셨으니까요.

저는 직장 생활을 하지 못하기 때문에 벌어들이는 수입이 없을 뿐 제 나이 때 여느 백수들과는 그 삶의 기울기가 다르지 않습니다. 아니 20만 원이 조금 넘는 장애인 연금이 있으니 백수보다는 나은 삶이라고 할 수도 있겠습니다. 그렇게 혼자 지내기에는 정말 아무런 문제가 없습니다. 하지만 부모님 댁에 가야 할 경우에는 하루 전부터 마음의 준비를 해야 합니다. 낡은 단독 주택이기 때문입니다. 대문에는 턱이 있어 넘어가야 하는데 연로한 두 분이 휠체어를 들어서 넘어가더라도 디딤돌 판석으로 되어 있는 마당을 건너 현관 입구까지 가야 합니다. 그리고 현관은 세 개의 계단 위에 있습니다. 다시 나올 경우에는 한 번 더 같은 과정이 필요합니다. 그래서 부모님이 저희 집에 자주 오시게 된 것입니다. 물론, 부모님 댁에서 지낼 수도 있습니다. 옛날식 주택이라 방문마다 턱이 있기는 하지만 어렵지 않게 지낼 수 있습니다. 어머님과 아버님의 도움을 쉽게 받을 수 있으니 더 나은 선택일 수도 있습니다. 오히려 혼자 있는 지금보다는 훨씬 낫겠네요. 하지만 그건 집 안에만 있을 때 이야기입니다. 당연히 외출은 부담이 커질 수밖에 없겠지요.

병원도 가야 하고 혹시 모를 다른 약속을 하기에 제한이 너무 많아 혼자 나와서 살고 있는 것입니다. 하지만 아파트라고 해서 마냥 이동이 편한 것도 아닙니다. 출입구 옆 휠체어 경사로는 젊고 싱싱한 팔의 힘으로 요령껏 내려갈 수 있습니다. 하지만 올라가기에는 경사가 너무 급했습니다. 짐이 있으면 내려가는 것도 불가능했지요. 장애인 콜택시를 부르면 아저씨가 도와주시기도 했지만, 먼저 내려가서 기다릴 때 어려움이 많았습니다. 지나다니는 누군가의 도움을 받기도 어려웠고 그분들도 저를 어색해했기 때문입니다. 그렇게 휠체어에 탄 채로 택시를 타고 병원에 갑니다. 보통 병원이라고 하면 환자들이 다니기 편할 것이라고 생각합니다. 하지만 아무리 병원이라고 하더라도 환자들이 다니기 불편한 시설들이 꽤 많습니다. 특히, 물리치료를 받으러 가는 재활센터의 경우 승하차 구역이 경사가 심해 자칫 잘못하다가는 굴러 내려갈 수 있습니다. 그래서 기사님들이 안전한 곳까지 밀어주시는 호의를 기대해야만 합니다. 그것도 잠시, 어렵게 자동문 앞에 서면 제 작은 키를 인지하기 어려운 센서 앞에서 춤을 추어야 하고 겨울 같은 경우 수납 직원분들의 추위를 배려한 병원이 자동문을 폐쇄해버리고 여닫이문만을 개방해 놓으면 누가 열어줄 때까지 하염없이 기다려야만 합니다. 병원이 이런 상황인데 저희들의 외출이 과연 자유로울까요? 설계하는 사람이나 관리하는 사람들이 휠체어에 앉아서 조금만 경험해 보면 이해하기 어렵지 않을텐데 머릿속에서 앉아본 경험으로 장애인을 이해하려고 하니 당연히 그 차이가 발생할 수밖에 없습니다. 이 차이는 언제쯤 메워질까요? 누구의 노력이 필요하고 어떤 제도가 뒷받침되어야 할까요? 여전히 제 주위에는 수가 적은 장애인보다 많은 수의 일반인을 먼저 배려하는 게 습관이 되어버린 것 같습니다. 장애인 한 명, 한 명을 배려하는데는 너무 많은 시간이 필요할 수 있으니까요.

한 번은 일본에 간 적이 있었습니다. 영원히 친구가 될 수 없는 국가이기는 하지만 친구가 되고 싶었던 경험을 소개하려고 합니다. 먼저 티켓 예매할 때 장애인임을 밝히면 이코노미석이라고 해도 가장 앞자리를 줍니다. 물론, 보호자 1인과 함께 그 자리를 예약할 수 있습니다. 하지만 자리에 옮기는 건 보호자가 해야 합니다. 도와준다고는 하지만 몸에 익지 않은 도움이 저를 긴장하게 하니까요. 탈 때는 가장 먼저 타고 내릴 때는 가장 마지막에 내립니다. 맨 앞자리에 앉아서 전부 내릴 때까지 기다려야 합니다. 많은 수의 이동이 있으니 통행에 방해가 되어서는 안 된다는 느낌을 강하게 받으면서요. 그래야 합니다. 그렇게 하지 않으면 장애인들이 대접받는다고 할 수 있으니까요. 혹시나 활주로에 내리게 되면 환자를 안아서 활주로에 비치된 휠체어까지 보호자가 안고 계단을 내려가야 합니다. 체격이 클 경우에는 여럿의 도움을 받아야 하는 곤란한 상황에 처할 수 있습니다. 하지만 국제 여행에서는 그럴 일이 없겠지요. 그렇게 일본행 비행기에 탑승했습니다.

일본에 도착해 우선 숙소에 갔습니다. 숙소를 먼저 본 일행은 감탄을 쏟아냈습니다. 화장실부터 단차 없이 휠체어 이동이 가능하도록 되어있었고, 그 공간 또한 넉넉했기 때문입니다. 침실에는 전동 등받이 침대가 하나 있었고, 휠체어와 높이가 비슷해 이동이 어렵지 않았습니다. 목욕탕 역시 욕실 문화가 발달한 나라답게 휠체어를 탄 채 들어갈 수 있도록 경사도를 정리해 놓았고 손잡이부터 미끄럼 방지 패드까지 곳곳에서 배려가 묻어났습니다.

관광지나 사람이 많은 곳에서는 조용히 순서를 기다리는 일본인 특유의 모습이 자연스러웠고, 휠체어에서 시선을 놓지 않고 미리 배려하고 양보해주는 모습도 과하지 않았습니다. 매표소에서는 여행객임에도 불구하고 장애인과 보호자에 한 해 지역민과 동일한 할인을 해주는 등 일상에서도 배려를 느낄 수 있었습니다. 우리는 렌트를 해서 여행을 했지만, 일본은 저상 버스나 노면 열차, 심지어 페리까지 휠체어로 이동이 가능하다고 합니다. 이렇게 일본이 시스템을 마련한 반면 우리나라는 현장에서 상황 해결을 위한 인력의 배려가 우선된다는 점에서 부럽기도 했고 부끄럽기도 했습니다.

척수손상 환자로서 느끼는 가장 불편한 점은 화장실 이용입니다. 우리나라의 보통의 화장실은 휠체어가 들어갈 수 없습니다. 물론, 장애인 화장실을 이용할 경우 출입은 가능하지만 거기서 보호자 없이 뭘 할 수 있는 정도는 아닙니다.

게다가 문도 미닫이 형태입니다. 휠체어를 탄 상태에서 문을 열고 닫는다라는 게 그렇게 쉽지 않은 일입니다. 하지만 일본의 화장실은 그 차원이 달랐습니다. 출입문부터 자동이었습니다. 변기 옆에는 각종 손잡이와 센서, 호출버튼이 높이마다 다르게 설치되어 있었고 세면대 역시 휠체어가 충분히 들어갈 수 있을 만큼 넉넉했습니다. 한 고속도로의 장애인 주차 구역은 비 오는 날을 대비해 지붕까지 마련되어 있었습니다. 비교하기 싫지만, 비교가 되었습니다. 혹시 일본의 인구 노령화가 빨라지면서 휠체어를 타는 장애인에 대한 정책이 마련된 것이라면 우리나라도 빨리 늙었으면 좋겠다고 생각했습니다. 다친 게 억울했고, 여기저기 불편한 시선에 화를 참지 못한 시절에는 정치인 가족들이 모두 장애인이 있었으면 하는 나쁜 생각을 하기도 했었으니까요. 정치를 이용해 국민감정을 자극하는 것이 나쁜 것이지 절대 일본인이 나쁜 것은 아니라는 것을 몸소 체험하고 왔습니다.

우리나라의 장애인 정책은 참 인색합니다. 전기세 몇 프로 할인, 고속도로 통행료 할인, 주차구역 이용뿐 장애인에 대한 어떤 배려도 기대할 수 없고, 기대해서도 안 됩니다. 다치면 손해입니다. 그렇다고 안 다칠 수도 없습니다.

일본만 그런 건 아니었습니다. 어렵게 제주도 여행을 갔습니다. 앞서 말했듯 저가항공을 이용하는 바람에 비행기에서 활주로까지 일행이 직접 안고 내려가야만 휠체어 이동이 가능했습니다. 오설록에 갔을 때 일입니다. 매장 안이 사람으로 가득했습니다. 옆 사람과 부딪히지 않고서는 도저히 지나갈 수 없을 만큼 많은 외국인과 내국인들이 뒤섞여 있었습니다. 휠체어가 들어갈 틈은 보이지 않았습니다. 그렇다고 여기까지 와서 그냥 갈 수도 없었습니다. 몇몇이 용감하게 입장하기로 했습니다. 저는 그들을 대하는 사람들의 반응을 살펴보기로 했습니다. 한 무리의 금발과 검은색 레게 머리를 한 외국인들이 녹차 관련 물건들을 구경하고 있었습니다. 저희 일행이 어렵게 매장 안에 들어가자 그들은 저희 일행을 주시하기 시작했습니다. 그리고 그들 근처에 다가가자 통로를 확보해주거나 사람들에게 저희의 존재를 인지시켜주는 등 어떤 한 명이 아닌 무리 전체가 휠체어에 시선을 두고 저희가 양해를 구하지 않도록 미리 배려해줬습니다. 내국인들의 경우 물론, 일부일 것입니다. 제 오해일 수도 있습니다. 오랜만에 온 여행에서 살 것도, 볼 것도, 먹고 싶은 것도 얼마나 많겠습니까. 하지만 그중 몇몇은 자기들의 목적이 우선으로 보였습니다. 그리고 본인보다 불편한 사람이 있을 것이라는 예상은 하지 않는 것같아 보였습니다. 주로 시선이 한 곳을 향한 채 움직이는 사람들이 많았고 그만큼 여유도 찾을 수 없었습니다.

부득이하게 복잡한 곳을 휠체어로 이동해야 할 경우 많은 주의를 기울여야 합니다. 사람들 사이를 따라가다 보면 갑자기 멈추는 사람들이나 끼어드는 사람들이 생깁니다. 비록 본인들의 잘못이라고 하더라도 시선은 키 작은 휠체어가 받아야 합니다. 역시 매장 하나를 지나가는데 네 번의 마찰이 있었습니다. 왜 이런 사람 많은 곳에 들어오느냐는 눈짓을 곁들여 시선을 던지더군요. 그래도 저희 일행은 용감했습니다. 죄송하다고 하면 되니까요. 그런 건 별일도 아닙니다. 유모차를 끌어보신 분들이라면 작은 경험이 될 듯합니다만 보호자가 느끼는 것하고 당사자가 느끼는 것하고는 많은 차이가 있습니다.

빠른 시일 내에 우리나라 사람들이 서로 존중받는 사이가 되었으면 좋겠습니다.

창피한 어른

저는 시어머니를 좋아했습니다.

저에게 한 번도 싫은 소리를 하지 않으셔서가 아닙니다.

시어머니는 항상 아들보다 같은 여자 편이었습니다.

시어머니는 다슬기탕을 좋아하셨습니다. 호박과 부추를 넣은 맑은 초록빛의 다슬기탕을 정말 좋아하셨습니다.

섬진강 물줄기가 약해지고 있는 요즘이 다슬기 잡기 좋은 철입니다.

다슬기는 낮에 잡기 어렵습니다. 돌이나 모래 속으로 숨어 버리기 때문입니다.

동네 아줌마 셋을 모아 다슬기를 잡으러 가기로 했습니다.

해가 지고 어두워질 무렵 수다스러운 아줌마 넷과 저희

남편, 그리고 빨간 고무 대야와 서치라이트, 해녀 수경 등을 싣고 섬진강의 한 하천을 향해 출발했습니다.

　20여 년 전 당시에는 물이 참 맑았습니다.

　농약을 이용하는 논도, 가축을 키우는 축사도 그렇게 많지 않던 시절이라서 그랬나 봅니다.

　저희가 도착한 곳 역시 맑은 물을 자랑하는 곳이었습니다. 매해 다슬기를 잡으러 오는 곳이지만, 그 양은 줄지 않고 항상 더 많은 욕심을 부리게 했습니다. 그날따라 상당히 많은 양의 다슬기를 잡았습니다. 쌀 포대로 2자루를 가득 채울 정도였으니까요. 장장 4시간에 걸친 작업은 허리와 목 등 많은 곳에 통증을 남겼고, 무엇보다 물속에 오래 있었는지라 추위와 허기에 지쳐 누구 하나 더 잡자는 말을 하지 않았습니다.

　그렇게 마무리를 하고 집으로 오던 중 사고가 났습니다.

　우리는 불빛 하나 보이지 않은 어둠 속에서 시골 길의 풀숲을 넘어 언덕 아래로 굴렀습니다. 그이는 오른쪽 팔이 부러지고, 뒤에서 자고 있던 아주머니들은 다행히도 크게 다치지 않았습니다. 하지만 앞자리 조수석에 타고 있던 저는 목 신경을 심하게 다쳤습니다.

　저는 지금 손목을 제외한 양쪽 팔을 사용할 수 있습니다.

하지만 그 팔은 몸의 균형을 잡는 곳에 사용할 뿐 일상생활을 하기에는 많은 제약이 있습니다. 다리는 양쪽이 다릅니다. 오른쪽은 약간의 감각은 있지만 움직이기 힘들고, 왼쪽은 다리를 구부릴 수 있지만 그 다리로 뭘 할 수 있을 정도는 아닙니다.

작은딸이 고생이 많았습니다. 고등학생임에도 학교가 끝나면 병원으로 달려와 제 시중을 들었습니다. 심지어 대·소변까지 싫은 내색하지 않고 받아내고, 식사며 약이며 제가 시키기도 전에 그 아이는 영리하게 간호를 했습니다.

학교 성적도 좋았던 아이입니다. 몇몇 과를 제외하고는 그 지역의 대학만큼은 골라서 갈 정도였으니까요. 하지만 그 아이의 선택은 이미 간호과로 정해진 지 오래였습니다.

아마 학기가 시작될 무렵이었던 것 같습니다. 점점 아이가 달라지고 있었습니다. 그 시작이 언제인지 정확히 알 수는 없지만, 분명 아이는 달라지고 있었습니다. 짜증을 내기 시작하고, 묻는 말에 대답도 하지 않았습니다. 심지어 큰소리로 화를 내고 아침에 나가버리기도 합니다. 저녁에는 방문을 닫고 나오지도 않습니다. 그런 아이에게 저는 큰 소리로 혼을 냈습니다. 대꾸가 없을 때에는 거친 욕으로 그 반응을 살펴야 했습니다.

이런 상황들이 반복되면서 저와 아이의 사이는 점점 멀어졌고, 그 상황은 곧 아이 아빠가 알아차리게 됩니다. 이때부터 아빠와 아이도 걷잡을 수 없이 멀어지는 사이가 되고 맙니다.

아이가 집에 들어오지 않으려 한다는 게 가장 큰 걱정이었습니다. 실습이나 연수 등 갖가지 핑계로 집에 들어오질 않았습니다. 짧게는 한 달, 길게는 두 달을 넘기기까지.

학교에 전화해보니 아이는 1년 전에 휴학을 한 상태였습니다.

불호령이 내려졌습니다.

아빠 앞에 아이는 무릎을 꿇었습니다. 아이는 간호과가 적성에 맞지 않았다고 했습니다. 피를 보는 무서움이 생각보다 심했고, 남의 살에 주사기를 꽂는 것 또한 그에 못지않은 공포가 있었다고 합니다. 그래서 휴학을 했고, 잠시 힘든 게 지나면 괜찮아질 거라고 생각했다고 합니다. 하지만 시간이 지날수록 제 자리로 돌아가기가 쉽지 않았다고 했습니다.

더군다나 엄마를 위한 선택이었음에 많이 힘들어했다고 했습니다.

아이에게 많이 미안했습니다.

딸 아이는 결국 유아교육과에 합격했습니다. 아이들을 예뻐하는 마음이 유치원 선생님이라는 직업을 선택하게 한 가장 큰 이유가 된 것입니다. 좋아하는 일을 찾은 딸아이는 다시 저희 곁으로 돌아왔습니다. 적어도 학교를 졸업하기까지는 그랬습니다. 하지만 얼마 되지 않아 아이는 다시 힘들어했습니다. 늦은 퇴근이 문제가 아니라 일하는 시간과 장소가 집으로 바뀌고 있었습니다. 매일 같이 아이들 수업을 위해 교구도 만들어야 하고, 일지도 작성해야 하고, 행사일정도 짜야 했습니다. 게다가 1년에 두 번 실시하는 평가인증이 있는 시기에는 밤늦게까지 잠도 자지 못했습니다.

저는 간병사가 있는 낮보다는 그래도 딸이 있는 저녁이 마음 편했습니다. 남이 아닌 딸이었고, 처음부터 간병을 해온 전문가였기 때문입니다. 웬만하면 참았고, 귀찮게 하지 않으려 했습니다. 바쁜 딸아이에게 짐이 되고 싶지 않았기 때문입니다. 하지만 딸아이의 도움이 필요할 때가 많았습니다. 특히, 대소변이나 샤워를 하는 데 있어서는 절대적이라 할 수 있었습니다.

한번은 바쁜 아이를 대신해 혼자 밥을 차려 먹다 반찬 통을 엎지른 적이 있었습니다. 자신을 부르지 않은 엄마에게 화가 난 딸과 밥조차 딸의 손을 빌려야 하는 저 자신이 한스러워 싸우기 시작했습니다. 그리고 그 시작을 모르는 아빠는 '밥조차 챙겨주지 않고 방안에 틀어박혀 불러도 대답하지 않는' 딸아이를 혼냈습니다.

딸아이는 누구보다 엄마를 위해 희생한 시간이 많았지만 알아주지 않는 부모가 원망스러웠고, 부모는 변해버린 딸이 서운했습니다. 그리고 이 간격을 메우는 방법 역시 서로가 달랐습니다. 아빠는 더욱 거칠어진 표현을 사용하며 아이를 나무랐습니다. 그 목소리 또한 딸을 위압하기 충분했고, 딸아이는 울음 섞인 고함으로 맞섰습니다.

아이는 아이가 힘들었고, 아빠는 아빠가 힘들었습니다. 저 또한 제가 가장 힘들었습니다. 이렇게 각자가 힘든 상황에서 서로를 이해하기에는 너무 시간이 없었습니다.

지금 딸아이는 다른 지역에서 일하고 있습니다. 여전히 바쁘고 힘들게 살고 있겠지요.

*

"하늘아, 엄마 오셨다."

"착.하.고. 바.른. 어.린.이.가. 되.겠.습.니.다. 안.녕.히. 계.세.요."

또박또박 끊어 인사하는 어린이는 우리 유치원에서 가장 잘생긴 하늘이입니다.

비록 엄마 아빠가 뇌성마비를 앓고 계시지만, 아이는 건강하고 착하게 잘 자라고 있습니다.

전동 휠체어를 타고 오신 엄마를 보고 하늘이는 반갑게 달려갑니다. 하지만 엄마는 꼬여버린 팔 때문에 안아줄 수가 없습니다. 대신 세상에서 가장 따스한 눈길로 인사를 대신했습니다. "하늘이 엄마 보고 싶었어?"

다른 아이들은 엄마 손잡고 가거나 혹은 엄마 차를 타고 갑니다. 하지만 하늘이는 자기가 앞장서 휠체어가 나갈 수 있도록 길을 터줍니다.

엄마와의 싸움을 핑계로 직장을 옮겼습니다. 도망쳤다고 하는 게 맞는 표현 같습니다.

오늘도 매일처럼 다른 퇴근 시간이지만, 그 시간 앞에는 항상 엄마가 서 있었습니다. 누군가가 다가오기만을 기다려야 하는 엄마가 혹여나 초라해지지는 않을까, 그러다 지치지는 않을까 저도 모르게 걱정을 하고 있었나 봅니다. 하지만 들키고 싶지 않았습니다. 가슴이 먹먹해지고 눈시울이 뜨거워져도 절대 들키고 싶지 않았습니다. 엄마에게서 도망친 못난 딸이라는 사실은 저 하나만 알고 있어도 충분했기 때문입니다.

우리 하늘이는 엄마를 걱정하고 챙겨주는 늠름한 아이입니다. 하지만 저는 그렇지 못한 창피한 어른입니다.

뺄 수 없는 반지

짝퉁이 아니라고 말하는 가방 주인의 눈에 잔뜩 힘이 들어갑니다.

"이게 진짜라고? 근데 왜 이렇게 조잡해 보이지?"

친구들은 믿지 못하겠다는 듯 고개를 갸웃거립니다. 그리고는 한마디씩 더 합니다.

"신상이라 여기에서는 살 수 없다고 하던데…. "

"그 색깔 있었어? 난 왜 못 봤지?"

여기저기서 누명을 씌우는 듯한 말투에 주인은 화끈한 승부수를 던집니다.

"이것들이 부러우면 부럽다고 할 일이지."

가방 속 주머니를 뒤지는 손놀림이 분주할수록 어깨는 귀에 닿을 듯 잔뜩 움츠러듭니다.

"자, 봐라. 됐냐?"

일련번호가 새겨진 보증서를 보여주며 그 사실을 확인시킵니다.

"음…."

재차 의심하는 친구를 향해 보라는 듯

"여기 내 이니셜도 있다고!"

마지막으로 쐐기를 박아버립니다.

"으휴! 적당히 좀 해라. 이것들아."

제가 뭐라도 사거나 여행이라도 다녀오면 곧이 받아들이지 않고 꼭 한 바퀴씩 꼬는 친구들입니다. 끝까지 증거를 들이대야 속이 풀리는 제 성격을 꿰뚫은 친구들의 못된 신고식이었습니다. 이로 인해 자주 싸우기도 하고 서로 편도 갈리지만, 너무나 속속들이 잘 아는 친구들이기 때문에 오해가 쌓이는 일은 없었습니다. 다만, 제 속이 터질 뿐입니다.

*

친구들과 오랜만에 맥주 한잔 했습니다. 많이 마시지 못하지만, 분위기만큼은 여느 주당 못지않게 이끄는 애들 때문에 그 날도 신나게 놀 수 있었습니다.

밤이 늦어지고 있었습니다. 마침 저희 일행 중 한 명이 남자친구가 근처에서 모임이 있다고 했습니다. 잘됐다 싶어 그 친구의 차를 얻어 타고 가기로 했습니다. 남자친구 모임이 끝날 시간에 맞춰 저희도 모임을 마무리했습니다.

늦은 밤에 더구나 술까지 마신 저희는 차에 탄 지 얼마 지나지 않아 모두 곯아떨어졌습니다.

어설피 잠이 들어서인지 모르겠습니다. 하지만 아직까지 기억이 생생한 걸 보면 그건 꿈이 아니었던 것 같습니다. 바람 소리와 지면에 닿는 타이어 소음들이 순식간에 사라졌던 것입니다.

그리고는 잠시 후…. 지붕이 내려앉았습니다.

저는 목 신경 일부가 손상돼 오른쪽 팔과 다리가 마비되었습니다. 운동신경과 감각신경이 손상돼 제가 원하는 대로 팔다리를 움직일 수 없게 된 것입니다. 오른손은 의식적으로 주먹을 쥐려고 할 때만 겨우 쥐어지는 형태를 보이고, 오른발의 경우 무릎이 뒤로 빠지면서 체중을 지지하는 모습으로 겨우 짧은 보행을 할 수 있습니다. 그것도 집안에서 이루어지는 일상일 때만 가능할 뿐 밖으로 나가면 반드시 지팡이의 도움을 받아야 합니다.

더욱이 아픈 쪽 팔과 다리에 예고 없이 나타나는 아리거나 저린 통증들로 인해 남들보다 더 긴 하루를 살 수밖에 없었습니다.

한쪽은 정상이고, 다른 한쪽은 그렇지 못하다 보니 움직임이 제한되면서 자꾸 붓게 되고…. 부은 다리가 무거워 걷는 양은 더욱 줄어들 수밖에 없습니다. 그리고 이 사이로 살며시 통증이 찾아옵니다. 통증은 다시 수면을 방해하게 되고, 그 다음 날까지 영향을 미치는 악순환을 반복하게 됩니다.

이렇게 눈코 뜰 새 없이 바쁘게 일어나는 신체 변화들을 종일 견디고 있노라면 쉽게 지치지 않고서는 배길 수가 없었습니다. 아무리 밥맛이 없더라도 부기와 통증을 조금이나마 조절하기 위해서는 반드시 약을 챙겨 먹어야 했습니다. 설령, 모래알 같은 밥이라 하더라도 세끼는 꼭 챙겨 먹어야 했습니다.

혹시나 친구들이라도 만나러 가려면 준비하고 살펴봐야 할 것이 생각보다 많았습니다. 하나라도 빠지면 상당히 곤란한 상황들이 연출되기 때문입니다.

왼손은 지팡이를 짚어야 하기 때문에 가방은 놓고 가도 됩니다.

휴대폰은 왼쪽 바지 안에 넣어야 합니다.

신발은 끈이 없는 것으로 준비해야 합니다.

머리는 묶을 수 있을 만큼 기르지 않습니다. 다만, 목 뒤의 수술 자국을 감출 수 있을 만큼만 기릅니다.

아무리 예쁜 원피스라도 입지 않습니다. 지퍼가 길수록 관심을 두지 않습니다.

특별한 날이어도 스타킹은 신지 않습니다.

더워도 발목까지 올라오는 운동화를 신어야 합니다.

이렇게 저만 생각하는 이기적인 모습 같지만 한 가지 장점이 있습니다.

왼손에 끼운 반지는 절대 빼지 않는다는 것입니다.

저는 여름이 싫습니다. 불편한 몸을 그대로 내보여야 하기 때문이기도 하지만, 유난히도 왼팔을 공격하는 모기들이 있기 때문입니다. 입으로 긁어야 하는 모습은 그리 예쁜 모습은 아닙니다. 그래서 저는 겨울을 좋아합니다. 옷 안에 보조기를 착용하면 그래도 웬만큼 표시 나지 않게 걸을 수 있고, 주머니에 손을 넣고 친구들을 만날 수 있는 여유가 생기기 때문입니다.

그리고 이제는 가방보다는 지팡이가 더 필요한 나이가 됐습니다. 머리가 하얗게 변하면 쓰려고 했던 지팡이를 생각보다 빨리 짚게 됐지만, 나중에 친구들에게 자신 있게 소개할 수 있도록 오랫동안 사용해볼 계획입니다. 녀석들에게 다시는 당하지 않도록 장단점을 철저히 파악해 놓겠습니다.

참 그리고….

저처럼 이렇게 목이나 허리 신경이 손상된 대부분의 환자들은 이런저런 통증들이 매우 많습니다. 떨쳐버리고 싶어도 끈질기게 따라다니는 녀석들 때문에 무거워 견딜 수가 없습니다. 주사로도, 약으로도 떨어지지가 않으니…. 이럴 때는 그냥 누구 말처럼 친구처럼 데리고 가는 수밖에 없는가 봅니다. 하지만 이게 말처럼 쉽지가 않습니다.

당사자가 아니면 절대 모를 통증이니까요.

먼저 가요

"그냥 와요."

"먼저 가. 내가 알아서 할 테니깐."

그이는 오른쪽 팔과 다리가 뻣뻣해서 걷는 게 많이 느립니다. 다리가 뻣뻣해서라기보다는 발목이 자꾸 안쪽으로 뒤집히는 바람에 발이 놓이는 위치를 항상 눈으로 확인하며 걸어야 하기 때문입니다. 그렇다 보니 그이에게 균형을 잡으며 걷는다는 게 생각보다 그렇게 호락호락한 일은 아니었습니다. 항상 넘어질 준비를 하며 걸어야 하기 때문에 걸을 때만큼은 누구의 방해도 받지 않으려 했습니다.

하지만 정작 본인은 걷는 데 신경 쓰느라 모르지만, 그 모습을 지켜보는 입장에서는 속이 새까맣게 탑니다. 그나마

저랑 손잡고 걸으면 웬만큼 잘 걸을 수 있는데도 한사코 혼자 걸어가겠다고 어찌나 고집을 부리는지, 도저히 감당할 수 없는 상황에서 강요할 수 있는 것도 쉬운 일은 아니었습니다. 뒤에서 따라가자니 속 터지는 속도에 불안하기만 하고, 옆에서 도와주려 하면 저렇게 화를 냅니다. 어떤 때는 앞장서는 게 낫겠다 싶어 먼저 걸어 보지만 그게 어찌 된 게 자꾸 마음을 쓰이게 합니다. 하지만 그때마다 어떻게 알고 저렇게 화를 냅니다.

다치기 전에는 어디를 가도 항상 그이가 먼저 앞장서 갔습니다. 어미 쫓는 오리 새끼마냥 종종거리며 뒤따르는 저를 보며 남들은 뭐뭐라고 했을까요? 당연히 남남이라고 오해했을 것입니다. 성격이 워낙 급해 뒤도 안 돌아보고 가던 사람이었으니까요.

"나 신경 쓰지 말고 가. 애도 아니고 말이야."

지팡이를 짚고 절뚝절뚝 걸어오는 모습은 흡사 깜깜한 오지의 탐험가를 연상케 했습니다.

- 나는 내 속도가 맞는 속도라 생각했고, 먼저 가서 기다리면 될 줄 알았는데.
- 당신은 아내를 모르던 남편이었고, 여자를 이해하지 못하

는 남자였습니다.

- 눈치챘을지 모르지만.

- 그래도 뒤에서 보고 있노라면 당당하게 어깨를 흔들며 걷
  는 당신은 참 듬직했습니다.

- 당신의 또각또각 구두 소리가 멀어지면 조금씩 속도를 늦
  췄었는데…. 혹시나 삐치지는 않았을까 해서.

- 젊어서는 따라갈 수 있었기에 당신이 앞장서 가도 괜찮았
  지만, 이제는 따라오기 힘든 사람을 위해 기다려야만 하
  는 현실이 참 믿기지 않습니다.

- 이제는 서툰 내가 혹시나 넘어질까 염려하는 당신을 보며
  참 미안한 생각이 듭니다.

- 겨우 가죽만 걸친 사람처럼 무너져가는 당신 곁에 아직
  제가 있습니다.

- 내가 왜 당신을 앞장서 걷게 하려는지 말하겠습니다.

- 넘어져도 괜찮아요. 당신이 그랬던 것처럼 저 역시 당신이
  짚는 지팡이 소리에 온 신경을 다 쓰고 있으니까요.

- 당신이 창피해지지 않길 바랐습니다.

- 넘어져도 일으켜줄 저를 믿고 당당하게 걷길 바라요.

- 너무나 초라해져 버린 내 옆에서 받는 많은 사람들의 시선
  이 혹시 당신에게 향하지 않을까 걱정했습니다.

- 괜찮아요.

- 내가 괜찮지 않아요.

- 당신이 다치지 않았다면 저는 항상 당신 뒷모습을 따라만 다녔을 거예요. 그래도 이제는 걸을 수 있는 당신 곁에서 당신 손잡고 걸을 수 있어서 좋아요. 이제 당신에게 쏟아지는 다른 시선들 다 받으면서 힘들게 걷지 말고 내 손잡고 내 얼굴도 보면서 걸어요. 땅만 보지 말고.

- 아무리 그래도 당신을 창피하게 하고 싶지는 않아요.

- 여보!

- 그냥 내가 하자는 대로 합시다.

- 만일 내가 아팠다면 당신은 지금의 당신과 같은 선택을 하지 않았을 거잖아요.

차라리 휠체어를 타면 서로가 편할 텐데, 왜 그렇게 지팡이에 의존하는지 이유를 모르겠습니다. 심지어 횡단보도를 건넌다거나 넘어지기 쉬운 내리막길 같은 곳에서도 고집을 피우고 있으니 저로서는 그저 답답하기 이를 데 없습니다. 물론, 꾸준히 운동해야 한다는 것은 알고 있습니다. 하지만….

- 나는 당신 말대로 휠체어를 타면 편합니다. 당신이 밀어주
  는 곳 어디든 갈 수 있으니까요. 하지만 나는 전에도 그러
  했듯이 아파서까지 당신을 힘들게 하고 싶지 않습니다. 남
  들 시선까지 오롯이 받아야 하는 입장에서 나 편하자고
  당신 힘들게 한다는 것은 내가 허락하는 인내의 범위를
  벗어난 것입니다. 그건 내가 할 짓이 못 됩니다.
  여보. 내가 할 수 있는 것만큼만 하겠습니다. 당신도 알다
  시피 그 이상은 내가 할 수 있는 게 없어요.

나는 괜찮아요

"지금이 몇 시인데 쏘다니고 있어!"

할머니는 6살 손녀의 기분과는 상관없이 큰 소리를 지르셨다.

나는 엄마가 일하는 식당에 자주 간다. 차라리 깜깜하다면 모를까, 점점 빨개지는 하늘을 보고 있노라면 어린 두려움이 앞선다. 혼자 있기 무서워 신발 끈을 동여매지만, 나갈 때마다 할머니에게 들켜서 이렇게 혼이 난다. 그냥 엄마가 보고 싶었을 뿐이었는데, 왜 그렇게 혼이 났는지 모르겠다.

엄마는 식당에서 일하신다. 할머니가 사장님이고, 삼촌이랑 주방 이모할머니, 주방장 삼촌, 아르바이트 이모 둘이랑 일하신다. 주로 주방에서 설거지도 하시고, 바쁘실 때는 틈틈이 홀 서빙도 하신다. 밤늦게까지 매일 이렇게 일하신다. 그래서 나는 엄마를 볼 시간이 많지가 않다. 참고 참아봤지만, 6살밖에 되지 않은 나에게는 그렇게 참을성이 많지 않았다. 차라리 혼나더라도 엄마를 보는 게 나았다.

나는 또래에 비해 키가 작았다고 했다. 뛰어다니는 것도 좋아했고, 먹는 것도 잘 먹었고, 잠도 잘 잤다. 어른들이 말하는 키 크는 습관은 꽤 많이 가지고 있었던 것 같다. 하지만 엄마의 바람만큼 커지지 않았다.

나는 아빠와 함께 진료를 봤다. 참담하게도 내 예상 키는 엄마보다 작았다. 치료를 받는다 하더라도 키는 내 욕심을 채우기 힘들어 보였다. 엄마보다 크면 할머니가 나한테는 뭐라고 하지 않을 것 같았는데. 그래도 혹시나 하는 마음에 치료는 받아보기로 했다.

진료 후 집에 돌아오는 길.

그 길에서 사고가 났다. 앞서 가는 포크레인을 추돌한 것이다. 졸음운전이었는지, 부주의였는지 모르겠다. 나는 안전띠 사이로 빠져나갔고, 차 밖에서 발견됐다고 했다.

구급차를 통해 근처 준종합병원을 들러 전북대학 병원에에 왔다. 지역에서 가장 큰 병원이었지만, 여기서도 생존 가능성을 장담하지 못했다. 바로 서울로 향했다.

처음에 뇌진탕인 줄 알고 나를 옮겼다고 했다. 의식이 없었으니깐. 그런데 서울에서 그랬다.

"이 아이 초기 처치 누가 했습니까?"

출혈에 가려 목이 다친 줄 모르고 급하게 사고 수습이 이루어졌던 건 아닌지 손상 원인을 찾기 위한 질문이었지만, 오히려 의구심만 더욱 증폭시키는 말이 되어버렸다. 물론, 이 말은 내가 의식을 찾고 나서 들은 이야기다. 사고는 아빠가 냈지만, 자식에 대한 죄책감 때문에 사고 원인이 다른 곳에 있을지도 모른다는 생각을 하셨던 것 같다.

식당에 걸려온 전화를 받고 삼촌은 흥분했다. 내 사고 소식이었으니깐. 삼촌은 바로 할머니께 알렸고, 할아버지를 통해 나를 아는 가족과 친지분들 모두가 서울로 향하기 시작했다. 엄마만 모른 채.

하지만 엄마였다. 나를 가장 잘 알고 내게 있어 세상 전부인 엄마였다. 왜 모르겠는가? 단지 알리고 싶지 않은 소식이었기 때문에 삼촌은 마지막에 알릴 수밖에 없었다고 했다.

엄마는 설마라고 했다. 다쳐도 찰과상일 뿐이라고 했다. 시간이 지나고 서울에 가까워질수록 엄마는 더욱 확고한 신념으로까지 생각하게 되었다고 했다. 병원 도착 후 엄마는 내 이름을 그렇게 부르셨다고 했다. 수천 번을 불러도 혼자 삭힐 수밖에 없는 이름이라고 했다.

나는 중환자실에서 정신을 차렸다.

엄마는 없고, 하얀 천장만 보일 뿐이었다. 규칙적으로 나는 기계음 소리, 차가운 공기가 스산한 분위기를 만들었다. 무서웠다. 엄마를 불렀지만, 목소리가 나오지 않았다. 다리를 움직였지만, 너무 무거워 들 수가 없었다.

'나에게 무슨 일이 생긴 거지?'

도대체 가늠할 수 없는 상황에서 간호사 이모가 보호자를 불렀다.

'보호자?' 들어봤다.

보호자는 병원에서 쓰는 용어라는 것쯤은 어린 나도 알고 있었다.

엄마가 들어오셨다. 뒤를 이어 할아버지, 할머니, 삼촌까지. 모두가 울고 계셨던 것 같다. 눈이 빨갰으니깐.

'나는 빨간 눈 싫은데….'

그렇게 의식을 차리고 두 달을 중환자실에서 보냈다.

이제 나는 나갈 수가 없다. 사람들이 경추라고 하는 목뼈를 다쳐 신경이 손상됐기 때문이다. 다리는 내 뜻대로 움직이기 어렵고, 손가락도 큰 힘을 내기 어렵다. 그래서 신발

끈도 묶을 수가 없다. 이제 나는 오로지 엄마의 손을 빌려야만 살 수 있다.

내가 엄마를 다시 얻게 된 것이라고 말할 수 있겠다.

나는 재활치료를 위해 많은 곳을 다녔다. 서울의 큰 대학병원에서부터 재활 전문센터까지 엄마가 채워준 안전띠에 의지한 채 서울까지 치료하러 다녔다. 물론, 집 근처 대학병원에서도 치료를 받았다. 적어도 엄마에겐 거리는 중요하지 않았다. 엄마는 하루라도 치료를 빠지면 내가 내 몸을 이길 수 없을 것으로 생각하셨기 때문이다. 그러나 곧 엄마도 생각이 바뀌게 된다. 재활은 시간과의 싸움이기 때문이고 치료비용과의 싸움이다. 매일같이 서울로 치료하러 다니기에는 엄마의 모성애도 시간과 비용이라는 큰 산을 이기지 못했다.

지금은 전주로 치료를 다닌다.

일주일에 네 번.

나는 아직 어리기에 더 큰 희망을 본다.

'꿈으로 사라지는 희망이 아니었으면 좋겠다.'라는 생각으로 열심히 치료받고 있다.

어제도 할머니는 엄마를 붙잡고 우셨다.

"그 어린 것이 얼마나 엄마가 보고 싶었으면 그 밤에 먼

길을 혼자 찾아왔을꼬!

　그걸 알면서도 왜 그렇게 혼을 냈는지, 가슴이 너무 아
퍼."

무서운 할아버지

"금방 올게. 담배 한 대 피우고 있어."

"천천히 다녀오십시오."

후배 녀석은 여유 있는 웃음을 보이며 대답했습니다.

경찰학교에서 세미나가 있던 날 아침입니다. 야근을 마치고 집에 들렀습니다.

잠시 들러 옷도 갈아입을 겸 졸린 눈을 깨워야 했습니다. 지난밤 주취자들의 난동 때문에 한바탕 곤욕을 치른 상태에서 조서까지 작성하느라 꼬박 밤을 새웠기 때문입니다. 몰려오는 졸음을 쫓아내기 위해서는 찬물에 샤워라도 해야 했습니다.

그 뒤로….

들었던 기억이 전부입니다.

전화도 받지 않고, 초인종을 눌러도, 현관문을 두드려도 답이 없었다고 했습니다. 출발해야 할 시간이 훨씬 지났는데도 연락이 닿지 않아 걱정했던 후배의 말이었습니다. 출근한 아내의 회사에 물어물어 현관 비밀번호를 알아내고서야 비로소 좌변기 옆에서 피를 흘리고 있는 저를 발견했다고 합니다.

화장실 바닥을 가득 채운 피가 위급한 상황임을 대신 말해줬습니다. 그리고 제 의식이 없는 걸 알고 나서부터 그 상황의 심각성은 다르게 인지됐다고 했습니다.

의식을 잃고 쓰러져야만 했던 원인은 바로 뇌출혈이었습니다. 아마도 볼일을 보다 일어서면서 쓰러졌던 것 같습니다. 힘을 많이 사용했고, 오랫동안 앉아있었던 것이 원인이지 않았나 싶습니다.

오른쪽 팔과 다리가 뻣뻣해지는 강직이 나타났습니다. 어깨나 골반 같은 큰 근육조차 운동범위를 다 사용하지 못할 정도로 심각했습니다. 특히 손가락의 경우, 갈고리 모양으로 구부러져 그 기능을 다시 회복한다는 것은 불가능에 가까웠습니다. 그나마 다행인 건 다리는 그 뻣뻣함을 이용해 걸을 수 있었습니다. 하지만 그 속도와 모양에서만큼은 사람들의 시선을 끌기에 모자라지 않았습니다.

무엇보다 다른 사람들 눈에 잘 띄지 않도록 걷고 싶었습니다. 느려도 괜찮았습니다. 힘들어도 괜찮았습니다. 먼 거리도 아닌, 딱 10m만이라도 들키지 않게 걷고 싶었습니다.

매일을 하루 같이 걷고 또 걸었습니다.

비가 오면 비를 피해, 해가 뜨면 해를 피해 주로 지하 주차장에서 걷는 연습을 했습니다.

지팡이를 짚고 걷는 저를 보고 간혹 놀라는 주민들도 있었지만 아랑곳하지 않았습니다. 아직 목표가 남아있었기 때문입니다.

한 달도 채 남지 않았습니다. 아내는 이제 그만하라며 말렸지만, 겨우 지팡이만 뗀 걸음걸이는 시선을 끌 수밖에 없었습니다.

그 시선의 주인공은 제가 아닌 딸이어야 했습니다.

못난 아빠를 둔 사랑하는 큰딸의 결혼식이 얼마 남지 않았습니다.

결국, 동시 입장을 시킬 수밖에 없었습니다. 딸은 괜찮다고 했지만, 제가 허락하지 않았습니다. 집안 경사에 딸이 아닌, 딸의 아버지를 입에 오르내리게 하고 싶지 않았기 때문입니다. 모두가 하얀 웨딩드레스를 입은 딸의 모습에 손뼉을 쳤습니다. 그 박수마저 보내지 못한 못난 아빠는 그저 바라만 볼 수밖에 없었습니다.

다행히도 저에게는 누구도 시선을 주지 않았습니다.

벌써 할아버지가 됐습니다.

손자를 둘이나 둔 듬직한 할아버지였지만, 어느 한 녀석도 안아주지 못한 무정한 할아버지이기도 했습니다. 녀석들을 안아주기에는 제 몸의 균형이 충분하지 못했기 때문입니다.

손주 녀석들이 걷기 시작하면서부터 비로소 진짜 할아버지가 될 수 있었습니다. 아파트 앞 놀이터에 가서 놀아주기도 하고, 마트에 가서 과자라도 사주는 날에는 제 부모 곁에는 가려고 하지도 않았습니다.

하지만 아이들이 커가면서 저와의 거리는 점점 멀어졌습니다. 손자 녀석들의 눈에도 굽어진 팔과 절뚝거리는 걸음걸이는 이상하게 보일 수밖에 없었습니다. 더구나 보는 그대로 말을 하는 어린 친구들 때문에라도 다시 손주들에게 거리를 둬야 했습니다. 제가 욕심을 부릴 수는 없었습니다.

"괴물이다."

딸에게는 아버지이자, 아내에게는 남편입니다. 손주에게는 인자한 할아버지이기도 합니다. 하지만 그건 그들의 편에 서서 바라본 입장일 뿐 정작 저 자신을 스스로 바라본 기억은 없었던 것 같습니다. 한때는 용감한 경찰이었고, 한때는 한 여자를 사랑했던 남자였습니다. 그리고 나와 닮은 자식을 보며 삶에 채찍을 가했던 가장이기도 했습니다.

다행일지, 불행일지는 모르지만, 이제는 한 손밖에 사용할 수 없습니다. 누구를 안아주기도, 누구를 위해 손뼉을 쳐줄 수도 없습니다. 할 수 없는 게 많았습니다. 그래서 다른 이들에게 부담을 주어서는 안 됐습니다.

한 손으로 할 수 있는 일을 찾아야 했습니다.

한 손으로 밥을 차려 먹을 수 있습니다. 한 손으로 씻을 수 있고, 한 손으로 옷을 입을 수 있습니다. 한 손으로 운전할 수 있습니다. 한 손으로 영화를 관람할 수도 있고, 한 손으로 쇼핑을 할 수도 있습니다.

이제부터라도 두 손과 두 발을 쓰지 못해 할 수 없었던 일들을 피해 다니지 않기로 했습니다. 아직 세상에는 한 손으로 할 수 있는 일들이 더 많기 때문입니다.

참 다행이라고 생각했습니다. 열심히 했습니다.

하지만 불필요한 도움과 동정 어린 시선 혹은 멸시와 편견에 사로잡힌 그들과 어울리기에는 그 벽이 너무 높았습니다. 나가면 나갈수록 그들의 시선이 따가웠습니다.

지금은 복지관에 다닙니다. 왼쪽, 오른쪽 팔다리 할 것 없이 몸이 불편한 사람들이 같은 마음으로 모이는 곳입니다. 여기는 저와 같은 처지인 사람들이 많습니다. 운동도 하고 밥도 먹고, 필요한 부분을 서로 도와가며 생활합니다. 이곳에서는 같이 여행도 다니고 탁구, 나비 골프, 수영 등 다양한 스포츠를 하며 서로의 가치와 존재를 인정하고 격려합니다.

한 손으로 아내의 등을 긁어줄 수 있고, 한 손으로 아내의 심부름을 할 수 있습니다. 한 손으로 입대하는 아들을 배웅할 수가 있고, 한 손으로 그 전화를 받을 수 있습니다. 손주들에게는 한 손으로 용돈을 줄 수 있고, 한 손으로 머리를 쓰다듬을 수 있습니다. 아직 우리 가족에게는 필요한 사람일 수 있습니다.

앞으로 두 손으로 할 수 있는 것보다 한 손으로 할 수 있는 것들에 감사하며 살겠습니다.

그리고 누구보다 사랑하는 가족들을 위해 할 수 있는 것들을 찾아보겠습니다.

나는 책임감이 강했던 가장이고 나라의 경찰이었습니다. 또한, 한 손으로 많은 것들을 할 수 있는 환자이기 때문입니다.

제 역할에 최선을 다하겠습니다.

한 손

뇌의 왼쪽이 손상당하면 팔다리는 오른쪽에 마비 증상이 나타납니다. 그래서 주로 오른손잡이가 많은 대한민국에서 왼쪽 뇌손상 환자가 되면 수많은 과제들을 한꺼번에 떠안게 되는 것입니다. 심지어 건강한 왼손잡이마저 가끔씩 부딪히는 낯선 상황에서 왼손 하나로 다시 시작해야 하는 환자들은 어떻게 해결해 나가야 할까요? 그렇다면 저는 언제까지 그 과제를 해야 할까요? 과제의 수준이 너무 다양하고 많아 하나하나씩 검사를 맡으려면 얼마 남지 않은 생도 모자랄 것 같습니다.

저는 강제 왼손잡이가 되었습니다. 왼쪽 뇌에 두 번의 경색이 오면서 오른손잡이에서 왼손잡이로 넘어오게 되었습니다. 아이가 어릴 때 젓가락질이 서툴러 포크부터 사용하듯이, 저도 머리에 붕대가 매여있을 때부터 포크를 사용했습니다. 찍어서 먹는 게 집는 것보다 편했습니다. 하지만 가시를 발라내야 하는 생선이나 면 종류를 먹기에는 제한이 많았습니다. 그렇게 그 사이를 아내가 채워줬습니다. 오른손을 쓰지 못하는 제게 아내는 밥을 먹여줬고 반찬을 집어줬습니다. 화장실의 뒤처리는 물론, 옷을 입는 것조차 아내의 손이 먼저였습니다. 모든 일상이 아내의 곁에서 이루어지면서 아내의 어깨는 점점 기울어져 갔습니다. 오 년 동안 제 오른손이 되어 주었던 아내는 쉬지 않았습니다. 엄마로서 할머니로서의 손도 필요했기 때문입니다. 자신을 위한 손이 필요하기도 했을 아내지만 항상 제 오른손이 먼저였습니다.

해보지 않아 못 하는 것이 있습니다. 커피를 내려보지 않아 내려주는 커피만 먹을 수 있고 바느질을 해보지 않아 터진 실밥의 옷을 입어야만 할 수도 있습니다. 저 역시 아내가 해 주었던 많은 것들을 충분히 할 수 있었음에도 시간과 기회의 핑계 뒤에 숨어버렸습니다. 신기하게도 아픈 제 일상이 아프지 않았을 때만큼 충분히 메워지게 된 것입니다. 아내의 부지런함 때문에요.

이제 제 왼손은 포크질조차 서투른 나약한 손이 되어버렸습니다. 언어중추의 손상으로 어눌해진 말은 더욱 어눌해졌고 갈수록 적은 표현으로 많은 걸 바라는 짐꾼이 되어가고 있었습니다. 그 사이 같은 손동작이라도 다른 의미를 해석하던 아내는 점점 구부러져 갔고 그렇게 아내도 한 손을 잃었습니다. 두 부부가 사이좋게 한 손씩 잃어버렸습니다. 일흔이 넘은 두 노인이 바다에서 노를 한쪽씩 잃어버리게 된 것이지요. 이제 배 하나는 버리고 나머지 배에 올라서야 했습니다. 양쪽에 나눠 앉아 노를 저어야 했지만 두 손 모두 왼손이라 저어도 저어도 빙글빙글 돌기만 합니다. 결국 앞으로 나아가기 위해서는 누군가 돌아서야 합니다. 제가 돌아서야겠지요. 이 넓고 캄캄한 바다에서 아내를 데리고 조금이라도 나아가기 위해서는 제가 정신을 차려야 했습니다.

아내는 다리에 강직이 있어 지팡이를 짚듯 뻣뻣한 걸음으로 겨우 이동이 가능했지만 오른쪽 팔은 힘없이 쳐져 흔들렸습니다. 그래도 나머지 한 손으로 무언가를 하려고 했습니다. 아프기 전보다 배 이상의 시간이 걸리는데도 가만히 있지 않고 제가 바랬던 것들을 먼저 채워줬습니다. 저는 다시 포크를 잡았습니다. 그리고 와이셔츠를 꺼내 단추를 채우고 풀고를 반복했습니다. 아내 몰래 혼자 화장실을 다녔고 목욕을 했습니다. 자그마한 할머니도 하는 것을 남자인

제가 못할 리 없었습니다. 그렇게 하나둘 숙제를 해 나아갔습니다.

벌써 일 년이 지났습니다. 아직까지 눈에 보이는 일에 자신의 한 손을 기꺼이 나눠 쓰는 아내가 있습니다. 이제는 그 손이 지나간 길을 제가 다시 지나가야만 하는 상황에 이르렀지만 그래도 저는 아내가 있습니다. 지금껏 아내는 두 손으로 한 손보다 더 많은 일을 했고 그렇게 남은 한 손은 자신을 위해 쓰지 못했습니다. 자신을 위한 손이 아닌 저를 향해만 있었던 손으로 참 많은 일을 해주었습니다. 이제 굳어버린 오른손은 다시 펴기 힘들었고 남은 왼손을 맞잡았습니다. 맞잡은 손으로 걷고 싶었지만 다행히 다리마저 불편해 걸을 필요가 없었습니다. 단지, 그 자리에 그대로 앉아 토닥토닥 쓰다듬어 주는 것만이 제가 할 수 있는 전부였습니다.

점점 변해가는 엄마를 보며 아이들이 결심을 했습니다. 몸이 불편한 저도 저였지만, 더 불편해진 아내를 위해서라도 그 결정에 동의해야 했습니다. 같은 요양원에 가기로 한 것이지요. 부부가 동시 입원하면 할인이 된다는 건 작은 핑계였고, 아내만 보내기에는 제 생활이나 아내 걱정을 해결할 수 없었습니다. 더구나 아이들에게 아내와 제 생의 마무리를 부담 짓게 하고 싶지 않았기 때문에 선뜻 허락했습니다.

아이들의 권유가 있기 전에 먼저 꺼냈어야 할 말이었습니다. 입원을 하면서 살던 집을 정리했습니다. 우리 부부가 죽을 때까지 쓸 수 있는 입원 비용을 제외하고 나머지 비용들은 아이들에게 주기로 했습니다. 하지만 받지 않더군요.

우선 장례비용이라고 생각하고 가지고 있으라고 했습니다.

하루에 한 번 아내를 만납니다. 모두가 모여 체조하고 인사하는 시간입니다. 아내는 남은 한 손으로 박수도 치고 웃으며 자신의 기분과 감정을 마음껏 표현합니다. 그래서 영감들에게 인기가 많습니다. 비록 저를 알아보지는 못하지만, 그렇게라도 곁에 있는 아내를 볼 때면 기분이 좋습니다. 오롯이 자신을 위해서만 쓰고 있는 아내의 한 손이 오랫동안 바빴으면 좋겠습니다.

제2부

보호자 시선

"엄마는?"

"에헤이. 넘어진다고 했잖아."

잠시 약을 가지러 간 사이 그 사람이 엉덩방아를 찧고 뒤로 넘어졌습니다.

"어디 한번 봐봐."

"가만히 있어 보라니깐!"

다치지는 않았는지 옷이 더럽혀지지는 않았는지 살펴보려 했지만, 그 사람은 제 손을 세차게 뿌리칩니다.

"미안해. 잡으려 했는데 내가 조금 늦어버렸네. 괜찮지? 아픈 데 없지?"

타일러도 봤지만, 자신을 잡아주지 못한 서운함에 넘어진 아픔까지 더해 그 사람은 더욱 세차게 손을 내저었습니다.

한참의 실랑이 끝에 겨우겨우 마음이 풀어졌습니다.

"꽉 잡어. 떨어지면 큰일 나니깐."

우리 집의 유일한 운송수단인 오토바이 뒷좌석에 그 사람을 태우고 병원에 갑니다. 오늘은 일주일에 두 번씩 재활치료를 받으러 대학병원에 가는 날입니다. 움직이는 걸 좋아하지 않는 사람에게 가장 중요한 날이었기 때문에 어떠한 일이 있어도 치료시간은 지켜야 했습니다.

저는 밤에 학교를 지키는 일을 하고 있습니다. 깜깜하고 커다란 학교가 무섭기도 하지만, 곤히 잠들어있는 그 사람을 보고 있으면 안쓰럽고, 미안한 마음이 앞서 다른 생각은 할 수 없었습니다. 학교보다 그 사람을 지켜야 한다는 이기적인 생각이 언제나 저의 의무를 앞서 갔기 때문입니다. 그리고 그 생각은 들키지 말아야 했습니다.

제 사정을 잘 알고 계시는 교장 선생님의 허락으로 저는 매일 그 사람과 함께 학교 숙직실에서 근무를 합니다. 집에 혼자 둘 수 없어 직장까지 데리고 나올 수밖에 없는 사정은 고맙게도 학교의 많은 선생님의 이해와 배려가 있어 가능하지 않았나 싶습니다.

그 사람에게 두 번의 뇌경색이 다녀갔습니다. 일반 사람이 뇌졸중에 걸릴 수 있는 확률보다 더 높은 재발의 위험을 가지고 있던 사람이었기 때문에 항상 긴장하며 지켜봐야 했습니다. 하지만 저의 바람도 가볍게 무시해버리는 상황에서 할 수 있는 거라곤 그 사람을 더욱 가까이 두는 것 외에 달리 방법이 없었습니다. 약도 잘 챙겨 먹이고, 진료도 빠지지 않고 병원에 다녔습니다. 그런데도 이렇다 할 만큼 좋아지는 모습 없이 기억력은 점점 떨어지고, 반대로 그만큼 투정이 많아졌습니다.

딸 아이는 미용사가 되겠다며 서울로 올라간 지 3년이 되었습니다.

아들은 군대에서 훈련을 받고 있고요.

그 사람은 걷는 게 많이 불편했습니다. 부족한 인지 때문에 어떤 목적을 가지고 움직일 수 없었기 때문입니다. 항상 손을 잡아줘야 했고, 잠시라도 손을 놓으면 그 자리에서 움직이지 못했습니다. 항상 누군가가 곁에 있어야 했지만, 그 사람은 저 이외에 어느 누구도 붙여주질 않았습니다.

자신이 위험하다고 느끼거나 낯선 사람이 다가오면 그 손을 더욱 세게 잡습니다. 자신이 도와달라고 말할 수 있는 사람은 저뿐이니 한눈팔지 말라는 듯 특유의 옹알이도 곁들여 제게 경고합니다. 이 모습이 귀여워 모른 척 장난을 하면 제가 눈을 마주칠 때까지 계속해서 경고를 보냅니다. 무시하고 버티다 돌아서 웃어버리면 그제서야 눈치를 채는지 더 큰 옹알이로 화를 내기도 했고요. 그때가 가장 귀엽고 사랑스러웠습니다.

다시 한 번 그 사람에게 뇌경색이 찾아왔습니다.

참 기구한 운명입니다. 세 번씩이나 찾아오는 질병 앞에서 이제는 버틸 힘도 없나 봅니다. 의식마저 놓아버리고 산소 호흡기에 의존해 있습니다.

세상 참 불공평합니다.

젊어서는 참 부지런하고 성실했던 사람입니다. 아이들을 위해서라면 자신의 모자란 잠마저 나눠줄 만큼 참 다정했던 사람입니다.

하지만 아이들은 엄마의 사랑을 알지 못합니다. 바쁘게 사느라 아무것도 해주지 못하는 능력 없는 엄마였고, 오래도록 아픈 엄마이기 때문입니다.

"엄마는?"

"아직 의식 없어."

"그래? 알았어요."

오랜 기간 아파온 그 사람에게 딸아이가 보낼 수 있는 최대한의 안부 인사였습니다.

중환자실에 있는 그 사람은 이미 저의 품을 떠나 의료진과 여러 기계의 정성 어린 보살핌을 받고 있습니다.

이제 직장에 데리고 가지 않아도 됩니다. 그 사람이 누워 있던 간이침대에 누워 편히 잘 수도 있습니다. 마음만 먹으면 어디든 갈 수 있는 오토바이도 있습니다. 하지만 그 공허함이라는 무게는 저 혼자 스스로 감당할 수 없을 만큼 자꾸만 무거워졌습니다.

구급차 안에서 잡은 그 사람의 손은 여느 때와 달리 참 따뜻했습니다. 어떻게든 넘어지지 않으려 힘을 주던 예전의 그 손이 아니라, 마지막 인사를 고하듯 편안한 안녕을 전하는 그 손에서 오히려 저는 위로를 받고 있었습니다. 병원이 가까워질수록 그 마음은 현실에 가까워졌습니다.

갑자기 중환자실이 분주해졌습니다. 종종 있는 일이었지만 이번에는 유독 싸늘한 기운이 느껴졌습니다.

그 사람이 마지막 인사를 하려나 봅니다.

혈압이 불안정하고 맥박이 약해지는 듯 여기저기서 기계음 소리가 요란하게 들립니다. 의료진이 분주하게 움직이지만, 이미 저는 그 사람의 마음을 전해 받은 상태였습니다.

'다른 부인들은 남편 이야기를 참 많이 했어요. 하지만 저는 너무 미안하고 안쓰러운 당신에 대해 할 수 있는 말은 없었어요.

오토바이를 탈 때마다 당신의 등은 참 따뜻하고 듬직했어요. 그래서 내리기 싫어했었는데, 당신은 제가 병원에 가기 싫어한다고 오해했지요. 그리고 무엇보다 그 커다란 학교를 무섭지도 않은지 혼자서 몇 번이고 순찰하는 당신을 보며 반드시 저를 지켜주겠구나라는 믿음도 생겼었구요.

그리고 어린아이들을 지금까지 건강하게 키워준 당신에게 고마운 마음이 가장 큽니다. 제 몫의 엄마 역할을 충분히 해준 당신은 참 훌륭한 남편이고 존경받을 만한 아빠입니다.

저 때문에 삶이 무거워진 당신을 보며 제가 뭐라 할 수는 없지만, 염치없이 한 가지만 부탁드리고 싶어요.

먹는 듯 마는 듯 식사하지 말고 잘 챙겨 드세요. 그리고 옷도 두 번 이상 입지 마시구요. 제발 혼자 있는 티 내지 말고 저에게 썼던 시간, 이제는 오롯이 당신만을 위해 쓰세요. 시간이 되면 여행도 다니시면서 좋은 것 보고, 맛있는 음식 드시면서 여유도 즐기시구요. 말하다 보니 제가 해줘야 할 것들을 해주지 않고 충고만 하는 것 같네요. 이렇게라도 해야 제가 해드리지 못한 미안함을 용서받을 수 있을 것 같아요. 그래도 제가 하는 말이니 당신은 꼭 지켜주실 거라 믿어요.

저는 당신에게 주어진 짐을 내려줄 수 있어 참 행복합니다. 당신에 대해 참 고마운 마음만 간직하고 갈게요. 당신을 사랑할 수 있어서 참 행복했고 감사했습니다. 사랑합니다.
수복 씨!'

*

"엄마는?"

"…."

"바로 내려갈게요."

"조심히 내려와."

이제는 고개 들어 울 수 있을 것 같습니다.

창피한 게 아니야

나는 프래더 윌리(Prader-Willi Syndrome)라는 증후군을 앓고 있다.

검색해서 찾아보면 쉽게 이해하겠지만, 그게 전부가 아님을 말하고 싶다.

나는 뚱뚱하다. 누가 봐도 뚱뚱하다.

태어나면서부터 가진 이 병은 나를 한 번도 날씬하게 만들어주지 못했다.

어려서부터 식탐이 많았다. 어려서가 아니라 아기 때부터 식탐이 많았다고 했다.

지나치다 못해 혼이 나면서도 음식을 찾았다.

그리고 커가면서 친구들은 나보다 조금 더 높은 인지 수준을 보이기 시작했다.

나는 뚱뚱하고 생각이 다르다는 이유로 많은 사람에게 시선을 받았다. 단지 먹을 걸 좋아하고 호기심이 많았을 뿐인데, 사람들은 내게 많은 시선을 보냈다.

나는 그게 좋지 않은 시선이라는 것을 알기 시작했다.

*

저는 량희의 엄마입니다.

사랑하는 내 딸 량희의 엄마입니다.

다른 아이들과 달리 매사에 적극적인, 그리고 약속은 어떻게 해서라도 지키는 딸 량희의 엄마입니다.

량희가 태어났습니다. 유난히도 뽀얗고 예뻤습니다. 눈도, 코도, 입도 예쁜, 정말 천사 같은 아이였습니다. 꼭 아빠와 저를 반반씩 빼닮은, 아니 저를 조금 더 닮은 아이였습니다. 그래서 더 예쁜 아이였습니다.

량희 또래 아이들은 벌써 걸음마를 한다고 합니다. 네 발기기에서 졸업한 아이들이 많아지고, 엄마들은 점점 아이의 신발에 관심을 두기 시작합니다. 하지만 량희는 아직 일어서기 싫은가 봅니다.

늦게 시작한다고 삶조차 실패한다고 생각하지 않았습니

다. 마냥 하는 짓이 귀엽고 예뻤기 때문입니다. 이유식도 잘
먹고 똥도 예쁘게 잘 쌌습니다.

그런데 아이를 처음 키워보는 제가 느끼기에도 너무 늦은
것 같았습니다.

벌써 20개월이 다 되어갑니다. 아직 앉아서 놀기만 합니다.

병원에서 검사를 했습니다. 피검사부터 발달 검사 등 여러
검사를 했습니다. 량희가 너무 힘들어하는 것 같아 안쓰러
웠지만, 발달이 늦어지는 이유를 찾아야 하는 부모의 마음
은 조급하기만 했습니다.

프래더 윌리.

듣도 보도 못한, 어려운 영어 이름이 량희의 병명이라고
했습니다.

뚱뚱한데다 낮은 인지수준, 지속된 비만으로 인해 고혈
압, 당뇨, 수면장애와 같은 성인병 증상이 조기에 나타날
수 있다고 했습니다.

량희는 누구보다 건강합니다. 비록 세 자리 수의 몸무게
를 유지하고 있지만, 감기 증상 하나 없이 건강합니다. 머리
도 좋습니다. 한 번이라도 대화를 나눈 사람은 나름의 연상
법을 거쳐 외워놓습니다. 정형외과 교수님은 김치 교수님입
니다. 진료 볼 때 같이 사진을 찍었던 게 기억에 남았던지

'김치 교수님'으로 불렀습니다. 살집이 있는 치료사 선생님은 '살 빼요 선생님', 목욕탕에서 만났던 제 친구는 '목욕탕 이모'가 되었습니다.

무엇보다 적극적인 수업태도로 다니는 학교에서도 유명합니다. 다른 일반 학교에 다니는 친구들이 인지 수준이 더 좋을 뿐이지, 량희가 다니는 학교에서는 량희가 1등입니다.

저 역시 프래더 윌리에 대한 정보력에서만큼은 1등이지 않을까 싶습니다. 같은 이유로 같은 생각을 하는 엄마들과의 소통을 통해, 그리고 수백 번 드나들던 병원 생활 속에서 보고들은 지식을 기반으로 저는 '반 의사'가 되었습니다. 비록 책으로 배운 지식은 아니지만, 아이를 통해서 체득한 수많은 이야기는 입이 아프도록 풀어놔도 그 끝을 감당할 수 없을 것입니다.

저는 량희의 엄마가 되기 위해 많은 노력을 하고 있습니다. 해도 해도 끝이 없는 공부이지만, 내 딸이기에 멈출 수는 없을 것 같습니다. 가장 신경 쓸 수밖에 없었던 건 량희에게 어울리는 식단을 만드는 것이었습니다. 하지만 량희는 제가 만들어주는 식단보다 먹고 싶은 음식의 종류와 양이 달랐습니다. 제가 생각하는 그 이상이었습니다.

량희에게도 한 번의 위기가 있었습니다.

단지 몸이 크고 생각이 다를 뿐 량희도 여자가 되기 위한 과정을 거치게 됩니다. 하지만 여느 아이들과 다르게 성격부터 변했습니다. 자신의 머리를 때리거나 팔을 무는 등의 자해를 시작하면서 그렇게 착하던 성격이 그만큼의 공격성을 보입니다. 뜻을 받아주지 않으면 그 자리에서 소변을 보고 친구들을 괴롭힙니다. 전혀 예상치 못한 행동들로 인해 학교와 병원에서 곤욕을 치르게 됩니다. 혼자 감당하기 너무 벅찼습니다. 하필 바로 그 시기에 몸무게가 늘기 시작했습니다. 순식간에 20kg이 쪘습니다. 갑자기 불어난 체중으로 인해 기도가 좁아졌고, 그로 인해 산소포화도가 부족해졌습니다. 자주 쓰러지고 의식을 잃었습니다. 걷다가 졸기도 하고, 넘어져 얼굴에 찰과상을 입은 것도 한두 번이 아니었습니다. 의료진은 위절제술을 권합니다. 생명에 위협이 될 정도로 식탐을 조절하지 못하는 아이에게 더 이상 미룰 수 없는 마지막 치료 방법이라고 했습니다. 하지만 발달과정 동안 틀어진 척추를 바로 잡느라 량희의 몸엔 수많은 수술 자국이 있습니다. 골반도 틀어져 다리에도 커다란 상처가 있습니다. 더이상 수술은 받아들이고 싶지 않았습니다.

　항상 호흡보조 도구들을 가지고 다녀야 했고, 포만감이 있는 열량 감소 음식으로 식단을 바꿨습니다. 다이어트 약은 량희 몰래 거짓말을 하며 먹여야 했고, 무엇보다 냉장고를 잠가놔야 했습니다. 잠깐이라도 혼자 두면 냉장고에서 음식을 꺼내 먹기 때문입니다.

지금 량희는 가득 채운 두 자리 수의 체중을 유지하고 있습니다. 키가 작아 몸매는 예쁘지 않지만, 너무나 예쁜 얼굴과 다정한 말투로 제 딸의 역할을 충분히 하고 있습니다.

제 아이는 유명합니다. 더군다나 사춘기를 심하게 겪으며 본의 아니게 학교에서도, 병원에서도 유명인이 되었습니다.

다른 사람들에겐 뚱뚱하고 절뚝거리는, 그리고 목소리도 큰 아이라고 보일지 모르겠습니다. 모르는 사람에게조차 다가가 두 팔로 씩씩하게 안아버리는 제 딸을 그 누군가는 밀어낼지도 모르겠습니다. 하지만 저는 그런 제 딸이 창피하지 않습니다. 살아줘서 고맙고, 저를 보고 웃어줘서 고맙습니다.

그래서 매일을 처음처럼 다짐합니다.

자식이 창피해 숨는 엄마가 되지 않겠습니다.

숨기려 하지도 않겠습니다.

저 없이도 홀로 살아갈 수 있는 당당한 량희로 키우겠습니다.

아무리 힘들고 무서울지라도 세상과 맞서는 게 그리 어렵지 않은 일이라고 가르치겠습니다.

짚고 일어서는 게 창피한 일은 아니라고 가르치겠습니다.

들키지 말아야 할 텐데

저희는 연애기간이 길었습니다.

고등학교 때 만나서 친구들 모두 시집 장가보내고 13년 만에 연애를 끝냈으니, 이 정도면 꽤 길지 않았나 싶습니다.

그이는 욕심이 많지 않았습니다. 가진 것에 행복하고, 그마저도 나보다 못한 사람에게는 나눠줄 줄 아는 참 선한 사람이었습니다. 그래서 연애가 길었나 봅니다. 저보다는 다른 사람들에게 더 바쁘게 살았으니까요.

저희는 남들 흔하게 타는 비행기 한 번 같이 타본 적이 없었습니다. 연애가 길었다고는 하지만, 그렇다고 여행을 많이 다니지는 못했습니다. 캠퍼스 시절도 잠깐, 그이 군대 뒷바라지하고 제대할 때쯤 저는 취업을 준비해야 했습니다. 제가 자리를 잡을 때쯤은 그이가 취업을 준비해야 했고요. 취업하고서는 결혼자금 모으느라 더 바쁘게 살았습니다. 지금에서야 생각하면 핑계에 지나지 않네요. 아쉽기도 하고 미안하기도 하고요.

그이는 자동차 대리점에서 일하는 영업사원입니다. 지역이 그 사람 고향이기도 했지만, 워낙 인사성이 밝아 지역 내에서는 꽤 인지도가 있는 사람이었습니다. 고객이라기보다 어른을 대하는 모습에 꽤 많은 분들이 좋아해 주셨습니다. 사고가 나거나 차에 문제가 생기면 보험회사나 공업사보다 그이에게 먼저 전화가 걸려올 정도였으니까요.

오랜 연애를 마치고 드디어 부부가 되었습니다. 신혼 여행지로 제주도를 선택했고, 공항에 막 도착했습니다. 짐을 찾아 공항을 빠져나가려던 순간, 그이는 갑자기 머리가 아프다고 했습니다. 왼쪽 머리가 깨질 듯이 아프다고 했습니다. 우리는 처음 비행기를 타서 나타나는 증상이라고만 생각했습니다. 기압이나 멀미일 수 있다고 나름대로 진단을 내렸기 때문입니다. 저희는 여행 계획도 다시 한 번 살펴볼 겸 앉아서 안정을 취했습니다. 그이도 쉬고 나더니 괜찮다고 했습니다. 저 역시 별일 아니라고 생각하며 다시 들뜬 마음을 찾기로 했습니다. 그렇게 여행이 시작됐습니다. 당시 제주도는 지금처럼 유료 입장이 많지 않았습니다. 대부분이 제주도를 있는 그대로 즐길 수 있을 수 있어서 참 여유로웠습니다. 그나마 섭지코지가 드라마 영향으로 많은 관광객을 끌어들이고 있었습니다.

우리는 중문에서 짐을 풀었고 저녁을 먹었습니다. 가볍게 맥주 한잔 하고 싶어 그이에게 권했으나, 웬일인지 마시고 싶지 않다고 했습니다. 영업사원 특성상 자주 마시던 사람이었고, 술을 좋아하던 사람이었습니다. 하지만 그날따라 힘들어하는 것 같아 더 이상 권하지는 않았습니다.

다음 날 아침.

그이가 머리가 아프다고 했습니다. 머리가 깨질 듯이 아프다고 했습니다.

뇌출혈.

그의 나이 31살.

건강하던 사람이었습니다.

어려서는 씨름도 잘했습니다.

그런데 그 사람이 지금 누워있습니다.

자주 아프다고 했을 때 미리 검사라도 해봤으면 이렇게 누워있지는 않았을 텐데 말입니다.

참 어렵고 힘들게 그이가 깨어났습니다. 겨우 눈 깜박임으로 의사소통이 가능한 상태였습니다. 머리엔 붕대가 솜사탕처럼 감겨있고, 얼굴은 알아볼 수 없을 정도로 부어있었습니다. 여러 개의 링거를 팔에 꽂고 기저귀를 착용한 그이는 밥조차 콧줄을 통해 공급할 받을 수밖에 없었습니다.

전혀 다른 사람의 모습을 하고 있는 꿈같은 상황에서 저는 할 수 있는 게 아무것도 없었습니다. 그저 보호자라는 이름으로 그이 곁에 앉아있는 것밖에 제가 할 수 있는 건 아무것도 없었습니다.

다행히도 그 사람은 회복속도가 빨랐습니다. 의료진은 젊다는 것이 그 사람의 가장 큰 장점이라고 했습니다. 홀로 분투한 그이의 노력이 참 고마웠습니다. 점점 붕대의 크기가 달라지고 붓기도 빠져 제 모습을 찾아갔습니다.

그이가 말을 하는데, 무슨 말인지 모르겠습니다. 더듬는 것 같기도 하고, 목소리도 뭉개져 들립니다. 아직은 아프니까 말을 하는 게 어려울 거라고 생각했습니다. 팔다리 역시 무겁다고 했습니다. 의사선생님은 오른쪽이 마비가 될 거라고 했지만, 마비라는 말과 실제의 증상이 이렇게 크게 다가올 줄 몰랐습니다. 할 수 있는 게 아무것도 없었기 때문입니다. 그이에게 나타난 오른쪽 편마비 증상이라는 게 이렇게 참담할 줄 몰랐습니다. 앉지도, 서지도 못했기 때문입니다.

지금 그 편마비 증상을 보였던 다리는 조금 절뚝거리기는 하지만, 혼자서 운전해서 병원 다닐 정도로 좋아졌습니다. 하지만 팔은 팔꿈치가 구부러진 채로 들고 다니는 수준에 불과합니다. 누가 봐도 아프다는 걸 알아챌 수 있을 정도니까요.

그이는 매일 약을 먹습니다. 혈압약부터 강직약, 위장약까지. 하루 10알이 넘는 약을 매일 복용합니다.

그이가 아픈 지 3년이 되었을 때입니다. 의미를 찾을 수 없는 하루가 조용히 쌓여가고 있었습니다. 저는 그이에게 아이가 있으면 좋겠다고 말을 했습니다. 둘이 지내는 반복된 일상이 저에게는 힘들었기 때문입니다. 더 솔직히 말하자면, 아픈 그 사람만을 보며 사는 것이 생각처럼 쉽지만은 않은 일이었습니다.

그이는 아이 낳는 걸 완강하게 거부했습니다. 많은 약을 먹는 자신 때문에 아이에게 문제가 생기지는 않을까 걱정했습니다. 무엇보다 아이에게 아픈 자기 모습을 보이기 싫다고 했습니다. 주위 사람들에게 듣는 상처의 말들을 아이가 듣게 하고 싶지 않다는 것이 가장 큰 이유였습니다. 이해했습니다. 아프고 난 뒤 직장에서 잘리고, 집안에서만 생활하는 그이의 마음을 이해했습니다. 그래서 더 간절하게 설득했습니다. 아이도 아이지만, 우리도 생각해야 한다고 말입니다.

*

최서현.

초등학교 2학년.

저희 딸입니다.

2번의 인공수정 끝에 태어난 공주님입니다.

아빠를 창피해하지도 않고, 오히려 곁에서 저의 역할까지 대신해주는 대견한 딸입니다.

왼손으로 식사하는 아빠를 위해 반찬도 집어주고, 물을 챙겨주기도 합니다. 그에 반해, 그이는 매일 연습하는 왼손 식사조차도 딸 앞에서는 힘들어했습니다. 저와 있을 때와는 다르게 눈에 띄게 서투른 모습을 보였습니다.

딸의 대견함을 즐기려는 나쁜 아빠의 의도된 행동이 아닌지 심히 의심스러울 정도였으니까요.

나중에 봅시다

"우리 집 양반이 햇볕을 참 좋아하는디…. 워째 침대 자리 좀 바꿔주믄 안 될랑가?"

"고맙네이."

그러고 본게 그 양반이 쓰러진 게 7년 전인 게 참 오래도 됐네. 그때는 말도 허고 지팽이라도 짚고 뽀짝뽀짝 걷기라도 혔는디, 인자는 누워서 천장만 보고 있으니 폭폭해 죽겄어.

첨부터 누워있던 거는 아니고 넉 달 전에 밥 먹다가 뭐시 맥혔는가 숨이 맥혀가꼬 119 불러서 왔지. 근디 머리가 산소가 안 들어가서 정신을 못 차린다고 허더라고. 그 뒤로 저렇게 누워만 있당게.

이것이 그 양반이 벌 받는 건지 내가 받는 건지 모르겄어.

누워만 있응게 그 양반이 더 낫겄지? 썩을 놈의 인간이 젊어서 그렇게 고생만 시키드만 늙어서도 고생시키고 있당게. 내가 뭔 웬수가 져서 이 인간허고 살을 섞고 살았는가 모르겄어.

그려도 큰놈 낳고 골골하고 있을 때 다리도 주물러 주고, 감자도 삶아다 주고, 정은 있었던 양반인디…. 시어머니한테 혼나고 오믄 눈치 봄서 설거지고 해놓고. 인자 언제 인나서 내 눈치 볼라요?

이 양반 얼굴도 모르고 만났어. 친정아부지가 건너건너 알던 양반 아들인디 먹물 좀 먹었다고 그 동네서 꽤 잘나갔던 모양이여. 사람도 싹싹허고, 인물도 훤허고. 나는 째깐혔지. 뭐 있었가니? 근디 처음 만나는 날인디 이 양반이 덥석 손을 잡는 게 아니겄어? 지 맘에 든다고. 솔직히 나는 결혼할 생각은 없었고, 그냥 연애 한번 해볼라고 혔는디 어뜨케 그 양반한테 홀려가꼬 결혼해서 살았지. 낳은 놈들이 기집아 넷에, 머시마 두 놈 낳았응게. 큰 놈만 미국서 살고 나머지는 다들 객지 나가서 살고 있어.

야들 키울 때는 정신없었지. 한 놈 밥 멕이고 돌아서믄 다른 놈이 기다리고 있고, 그놈 멕여놓으면 다른 놈이 쳐다보고 있고. 나 밥 먹을 시간이나 있었가니? 그냥 후루룩 물에 밥 말아 먹고 일허로 나갔지. 그려도 지들 복은 타고난다고, 아무 탈 없이 잘 컸어. 특히, 큰놈이 동생들 키우느라 고생혔지. 핵교 갔다 오믄 지 공부험서 애들 뒷바라지 다했응게.

그 양반은 그려도 동네서 똑똑허다는 소리 들으면서 일했어. 글자를 다 앙게. 넘의 집 집안 대소사 안 빠지는 데 없이 다 챙겨댕김서 글도 써주고, 편지도 읽어주고. 저그 집은 어떻게 돌아가는지도 모르고, 넘들 일에만 쌔똥 빠지게 쫓아댕겼지. 속도 모르고 넘들은 남편 잘 만났다고.

그러던 양반이 한번은 친정아부지가 겁나게 아팠어. 일허다가 어따 부딪혔는디 팅팅 부서가꼬 걷지를 못 허시는 거여. 시골양반들이 병원 가간디? 상처 나믄 된장 바르고, 부으면 한약방 가서 침 몇 대 맞고 오지. 근디 친정아버지는 다리가 부음서 색이 까매지는 거여. 코끼리맹키로.

그 양반 똑똑혔던 게 그때 덕 봤지. 춘포댁네 아들이 서울서 의사 헌다고 허더라고. 거기 전화번호 알아가꼬 아부지 상태 물어보더니 읍내로 데꼬 간 거여. 쬐께만 늦었으믄 다리 절단 해야 했을 꺼라고 허더라고. 파 머시기라고 혔는디. 그때부터 이 양반이 친정아부지한테 인정받았지. 여기저기 데꼬 댕김서 자랑도 많이 허시고.

그러던 양반이 화장실서 대변보다가 쓰러져가꼬 오른쪽에

마비가 온 거여. 외약손으로 밥 먹을 수 있가니? 옆에서 내가 다 시중들어야지. 그러다 본게 이 사람이 참 안쓰럽더라고. 넘들 효도 받음서 놀러 다녀야 하는디 혼자는 못 가고 나랑 같이 가자니 나는 무릎 수술해서 오래 걷기 힘들더라고. 쬐께만 걸어도 아픈디 어디 돌아다닐 수가 있어야지. 내가 불편해도 데꼬 다녔어야 했는디. 지금 누워있는 거 본게 마음이 안 좋네.

글다가 밤에 입이 심심혀서 고구마를 삶았지. 그 양반허고 같이 먹고 있는디 갑자기 뒤로 자빠지는 거여. 켁켁거림서. 내가 뭐 알가니? 배도 눌러보고 입도 벌려보고 혔는디, 잘못허면 사람 잡겄드라고. 얼굴은 시퍼래지고. 그려서 막 살려달라고 소리쳤지. 그 소리 듣고 옆집 아들내미가 쫓아온 거여. 등도 두드리고 인내켜서 뒤에서 배도 당겨보고 별짓을 다 해봤지. 숨이 돌아오는 것 같아서 그냥 놔둘라다가 이 양반이 한쪽을 못 쓰게 혹시나 혀서 119타고 대학병원에 온 거여.

별의별 검사를 다 했어, 이 양반 처음에 왔을 때처럼.

그 뒤로 인자 내 얼굴도 잊어버렸나, 천장만 쳐다보고 있더라고. 입도 안 다물고.

목은 뚫었지. 한두 달 코로 먹다가 인자는 안 된다고 배까

정 뚫더라고. 거따가 소변 줄 달고 있지, 기저귀 차고 있지. 닝게리까지 허고 있응게 볼 만허드만, 사람인가 짐승인가 모를 정도로.

그려도 어떻게 허겄어? 이 양반 나 없으면 곧 죽을 양반인디. 갈 때 가더라도 인사는 받고 보내야 허지 않겄어? 인사도 안 허고 나 몰라라 가버리면 나는 뭐가 되겄는가? 같은 이불서 보낸 게 몇 년인디…. 혹시나 나 없을 때 가버릴까 봐서 이렇게 맨날 닦고 바르고 허는 거여. 치료받을 때 냄새 날까 봐서도 그렇지만, 이 양반이 젊어서 인물이 좋았당게. 그 인물이 다 어디 가고 쭈그렁 영감탱이가 돼버렸지만, 동네서 알아주는 미남이었어. 고 인물 잘 살려서 보내야 하는 게 내가 해줘야 할 일이기도 허니께. 열 자식 아무 소용 없어. 한 번이라도 와서 씻겨주가니? 요새는 전화나 가끔 오지, 병원에는 오도 안 혀. 지들 살기 바쁘다고.

이 양반 혼자서 눈이라도 감을 때까지 내가 옆에서 지켜줘야 혀. 뭐가 그리 아순가 눈도 못 감고 저러고 있는지 가슴이 아퍼. 내가 딴짓 허는가 감시를 헐라고 그러나, 놓고 어디를 갈까봐서 그런가, 하루종일 눈에 힘주고 감지를 못하고 있네.

"아 참. 영감, 당신 닦은 물 좀 버리고 올게. 어디 안 가."

*

하필 그때였는가벼. 그 양반이 인사헐라고 혔는디 내가 알아보도 못 허고 물 버리러 간 게. 하필 잘 참다가 왜 그때 그랬는가? 참 이상헌 양반이랑게. 나 없는 새 뒤도 안 돌아보고 가버린 거여.

내가 옆에 있으면 미안했는가? 그새를 못 참고 가버리믄 내 염치는 뭐가 되겠는가? 그려도 이생에 연을 맺고 살았는디 인사라도 허고 가지, 그렇게 허망하게 인사도 없이 가버린다요?

무심한 인간.

인자 나는 뭣허고 살아야 할랑가 모르겠네. 당신만 보고 살다가 당신 없어져 분게 나도 없어진 것 같소. 쬐깨만 더 있다가 내가 준비라도 허믄 가지, 그렇게 혹 가버리믄 어떻게 헌다요? 그려도 당신 아프고 난 뒤에는 당신이랑 같이 있어서 좋았소. 젊어서는 다른 사람들한테 다 뺏기고 늙어서야 당신이랑 같이 있기는 혔지만, 그래도 내 양반 밥 멕이고 닦아주고 함서 정이 더 들었는갑소. 인자는 좋은 데 가서 내가 갈 자리 잘 닦아놓고 기다리쇼. 넘들이 부른다고 홀랑 가서 자리 닦아놓는 거 잊어버리지 말고, 혼날 팅게. 내 말 가슴 깊이 새겨놔요. 조심히 잘 가시고.

저승서 봅시다.

아들의 치킨

"민석아, 애들 없는데 네가 한 번만 다녀와라. 단체주문이라 빨리 가야 한다."

"어딘데요?"

"요 큰 사거리에서 주유소 쪽으로 가면 오토바이가게 있지? 거기 4층 학원."

"예, 키 어디 있어요?"

민석이는 치킨집 주방장입니다. 닭에 밀가루 옷을 입혀 튀기거나 양념에 버무리는 일을 주로 합니다. 다른 부재료들은 본사에서 내려오기 때문에 재료구매나 손질보다는 얼마나 맛있게 튀기느냐가 주방장의 실력이라고 보면 되겠습니다. 깨끗한 기름에 시간 맞춰 튀기면 될 것 같은 단순해 보이는 일도 나름대로 정성과 노력을 기울여야 한다고 말했던 민석이는 지금 식용유 뚜껑조차 딸 수 없습니다.

대학은 포기해야만 했습니다. 쌍둥이가 대학을 가기에는 집안 형편이 그리 넉넉지 않았기 때문입니다. 돈을 벌어야 했습니다. 저뿐만 아니라 동생도 돈을 벌어야 했습니다. 복잡하게 얽혀 도저히 실마리를 찾을 수 없는 아버지의 빚보증으로 인해 가족 모두가 생계를 걱정해야 했기 때문입니다. 이런 상황에서 또래 아이들처럼 대학 진학은 꿈꿀 수 없었습니다. 남들은 학비를 벌기 위해 힘든 아르바이트를 한다고 합니다. 하지만 저희는 먹고 살기 위해 아르바이트를 해야 했습니다. 부모님의 수입은 압류에 걸려 만져보지도 못하고 은행에서 가져갔습니다. 그나마 저희 두 형제의 수입이 있었기 때문에 생활을 이어갈 수 있었습니다.

벌써 3년이 흘렀습니다. 동생은 철근 가공공장에서 숙식까지 해결하며 열심히 일하고 있습니다. 무거운 철근을 자르고, 가공하고, 나르는 힘든 일을 하면서도 한 번도 거르지 않고 돈을 보내왔습니다. 저는 치킨집에서 아르바이트를 시작했습니다. 지금은 직원으로 근무하지만, 당시에는 배달하는 동료들보다 훨씬 적은 시급을 받으며 주방에서 종일 닭만 튀겼습니다. 비록 동생보다는 훨씬 적은 금액이었지만,

한 푼도 쓰지 않고 고스란히 보내드렸습니다.

월드컵이나 올림픽과 같은 국민적 관심을 받는 스포츠가 방송되는 날이면 주방은 그야말로 전쟁터입니다. 만반의 준비는 해놓지만, 갑자기 밀려드는 주문에는 도저히 당해낼 재간이 없습니다. 주문이 들어오는 속도와 닭이 튀겨지는 속도는 비례하지 않기 때문입니다. 하지만 능숙한 주방장이 열 참모를 두지 않듯이, 저는 다른 손을 빌리지 않고서도 거뜬히 지켜냈습니다. 오히려 바쁘고 힘이 들수록 더욱 일에 집중할 수 있었습니다. 저는 그렇게 바쁘게 일하는 날이 좋았습니다. 힘든 하루를 마감하는 퇴근 시간이 다가올수록 화끈한 전투의 승자마냥 국가대표 주방장 못지않은 자부심에 도취할 수 있었기 때문입니다.

튀기는 기름보다 흘리는 땀이 많아도 대학 다니는 친구들과 달리 열심히 사는, 23살의 제가 대견스러웠습니다.

제 이름을 걸고 가게를 오픈하고 싶었습니다. 저는 사장 겸 주방장으로, 동생은 배달과 홀 서빙을 하고, 부모님은 카운터 및 가게 관리를 하는 단란한 미래를 꿈꿨습니다.

오랜만에 잡은 오토바이 손잡이가 유난히도 차가웠습니다. 그렇게 다른 삶이 예고되는 줄 알았다면 나가지 않았을 것입니다.

중환자실이 시끄럽습니다.

"아, ××. 나간다고!"

"미치겠네. 이거 풀어. 풀어주라고!"

민석이는 침대 난간에 묶인 팔다리를 보며 소리를 지르고 있습니다. 무차별 퍼붓는 욕설에 담당 간호사는 무심한 표정을 지을 뿐입니다. 수술 후에 이런 증상이 나타날 거라고는 아무도 몰랐습니다. 다만, 왼쪽 뇌 앞부분의 심각한 부상으로 인해 인지나 기억능력에 손상이 있을 뿐 외상이 없어 눈으로 보이는 장애는 없을 것이라고 했습니다. 하지만 욕설을 비롯해 폭력성을 나타낼 거라고는 그 누구도 예상하지 못했습니다. 갈수록 심해지는 민석이를 보며 어머니는 그저 한숨만 지을 뿐입니다. 그렇게 착하고 책임감 강하던 아이가 불과 일주일도 안 돼 저렇게 변해버렸습니다.

누구에게나 욕을 했습니다. 눈에 보이는 사람마다 욕설을 뱉어대는 바람에 병실 밖을 나갈 수가 없었습니다. 게다가 같은 병실의 환자분들 역시 시끄러운 민석이를 이해하기 힘들어했습니다.

주말에는 외출을 해야 했습니다. 도저히 병실에 있을 수는 없었습니다.

서서히 머리를 감은 붕대의 크기가 작아질수록 거친 행동들은 줄어들었습니다. 진짜 민석이로 돌아오는 듯했습니다.

병원에서는 다가올 퇴원 날짜에 맞춰 치료계획을 세우자고 했습니다. 다친 머리 쪽의 뇌가 없어 머리뼈를 대신해 인공 뼈를 이식하는 수술만 남아있을 뿐, 다행히 마비증상이 나타나지도 않아 일상생활을 하는 데 무리는 없을 것이라고 했습니다. 하지만 기억력이 가장 큰 문제가 됐습니다. 그것도 단기 기억이 사라져 오로지 예전 기억만으로 시간을 더듬을 뿐, 사고 바로 전후 기억을 비롯해 치료과정에서 제공되던 훈련은 언제나 새로운 것인 양 하면 할수록 처음과 같은 반응을 보였습니다. 병실을 찾지 못해 헤매길 수십 번, 민석이는 잠시라도 시선에서 놓을 수가 없었습니다. 그래도 포기할 수 없었습니다. 방법을 찾아야 했습니다. 민석이는 젊고 열심히 살던 아이였습니다.

민석이가 일하던 치킨 가게 사장님이 병문안 겸 오셨습니다.

사장님을 알아보던 민석이를 보며 아이디어를 냈습니다. 그리고 사장님께 양해를 구했습니다.

"민석이를 주방에서 일 한번 시켜봤으면 해서요. 머리는 잊었지만, 몸에 익은 습관들이 기억을 깨울 수 있지 않을까 하는데요."

"예. 언제든지 오십시오. 저에게도 민석이는 막냇동생 같은 녀석입니다. 제가 욕심을 부리는 바람에 민석이가 이렇게 된 것 같아 죄송할 뿐입니다. 도와드릴 수 있는 건 최대한 도와드리겠습니다. 죄송합니다, 어머님!"

사장님은 연신 고개를 숙이며 죄송하다고 하셨습니다.

"어디 그게 사장님의 잘못이겠습니까? 민석이의 운명이었겠지요. 허락해주셔서 감사합니다."

저희 부부는 흔쾌히 허락하신 사장님 대답에 실낱같은 희망을 얻었습니다. 민석이도 좋아했습니다.

"어디 민석이가 튀긴 후라이드 한번 먹어보자. 어머님이 드실 거니깐 맛있게 만들어봐."

"네, 맛있게 만들어올게요. 기대하세요."

다치지는 않을까 걱정이 됐습니다. 가스 불 켜는 소리, 냉장고 여는 소리, 달그락 달그락 쟁반 뒤지는 소리가 안심을 시키기는 했지만, 중간중간 이어지는 정적이 더 큰 불안감을 만들기도 했습니다.

"음. 맛있네. 역시 민석이다. 어때요, 맛있죠? 요 녀석이 이제 제 기억을 찾나 봅니다. 전문가인 제가 봐도 옛날 그 맛 그대로네요".

연신 칭찬을 하시는 사장님은 마저 삼키지 않은 채 말을 이어가셨습니다.

"참 다행입니다. 빨리 퇴원해서 같이 일하자. 민석이 때문에 우리 가게 대박 나게 생겼다."

"정말요? 감사합니다. 열심히 일하겠습니다."

좋아하는 민석이와는 달리 표정없는 얼굴의 어머니는 까맣게 튀겨진 치킨 한 조각을 베어 물었습니다.

"맛있네요. 우리 민석이가 해준 첫 요리인데…. 참 맛있습니다."

쓰지만 삼켜야 하는 약처럼 받아들일 수밖에 없는 현실 앞에서 어머니는 더 이상 말을 잇지 못하셨습니다.

그거 아세요

"요즘도 경기 하나요?"

"네. 그전하고 다르지 않은 것 같아요."

"그래요. 쉽게 잡히질 않네요. 약을 바꿨는데도….. 다른 방법을 찾아봐야겠어요."

지희는 뇌성마비를 앓고 있습니다.

뇌성마비를 앓고 있는 환자들은 다른 사람들과 달리 하나의 다른 뇌파를 가지고 있습니다. 흔히 경기파라고 하는데요. 경기라고 하는 경련을 일으키게 만드는 뇌의 다른 파형입니다. 물론, 경기파가 있다고 해서 모두 경련을 일으키는 것은 아닙니다. 잠시 눈동자가 떨리거나 호흡이 멈추는 등 다양한 모습으로 표현되기도 합니다.

그보다 지희를 가장 힘들게 하는 증상은 따로 있었습니다. 바로 척추 측만증이었습니다. 지희의 허리는 흉추와 요추의 각도가 무려 84도에 이르는 무시무시한 측만증을 가지고 있었습니다. 10여 년 동안 꾸준히 관리와 치료를 받아왔음에도 휜 허리는 같은 방향으로 더욱 휘어져만 갔습니다. 허리가 뒤틀리면서 심장과 폐는 압박을 받아야 했고, 그동안 지희는 이루 말할 수 없는 고통에 시달려야 했습니다. 게다가 경기가 시작되면 숨을 쉬지 않아 생사를 넘나드는 등 위험한 순간들을 맞이한 것도 한두 번이 아니었습니다. 조금 더 일찍 수술을 해주고 싶었지만, 성장기의 아이에게 쉽게 결정을 내릴 수는 없었습니다.

머나먼 수술 날짜를 기다리는 동안 혹여 잘못되지는 않을까, 저희는 항상 불안한 경계를 해야만 했습니다.

경기약을 더욱 강하게 사용해서라도 호흡은 이어가야 했습니다.

드디어 수술 날짜가 잡혔습니다.

흉추와 요추, 골반까지 하나로 묶는 수술입니다. 등을 모두 절개해야만 했습니다.

필히 해야 하는 수술이었지만, 저희에게는 오히려 그 수술이 생명을 위협하지는 않을까 걱정이 더 앞섰습니다.

수술 방에 들어간 지 10시간이 지나서야 지희가 나왔습니다. 말도 못하는 아이가 지치지 않고 홀로 그 오랜 시간을 견뎌준 것이 너무 감사했습니다. 쏟아져 나오는 눈물을 훔치며 지희 곁을 지켰습니다. 그리고 다짐했습니다.

'다시는 혼자 두지 않을게.'

호흡소리가 가벼워졌습니다.

곤히 자는 아이의 모습은 수술을 선택해야만 했던 부모의 아픈 결정을 용서한다는 듯 편안하고 행복해 보였습니다. 그런 지희를 보면서 하루라도 일찍 고통 속에서 꺼내주지 못한 미안함과 동시에 아프게 낳아준 못난 부모라는 자책감이 더 해져 저희는 부둥켜안고 한참을 울었습니다.

회복실을 거쳐 일반병실로 나왔습니다. 그 병실에는 지희와 비슷한 또래의 여자아이도 같은 수술을 받고 입원해 있었습니다. 같은 병명에 같은 또래, 저희 아이와 다른 거라곤 '말을 할 수 있다와 없다'였습니다.

등을 절개했기 때문에 둘 다 말을 하기는 불편했습니다. 하지만 그 아이는 의사소통을 하는 데 큰 어려움을 겪지 않았습니다. 보호자를 부를 때는 쇠젓가락으로 침대 난간을 두드렸습니다. 몸짓 발짓을 통해 가렵다면 긁어주고, 주물러 달라면 주물러 줬습니다.

지희는 눈만 깜박거립니다. 팔과 다리가 뻣뻣해서 움직임에 많은 제약이 있었지만, 무엇보다 자신의 의견을 전달할 만큼 인지가 부족했습니다. 오로지 엄마의 관심 어린 손길에만 의지해야 했습니다. 더워도 덥다고 표현하지 못했고, 가려워도 가렵다고 말하지 못했습니다. 땀띠가 나고 피부가 짓물러도 미련하게 참았습니다. 지희는 그럴 수밖에 없었습니다.

다른 아이와 비교되어 내 아이가 부족하다는 것을 느낄 때는 참 서럽기도 하고, 화가 나기도 합니다. 더욱이 이렇게 많이 아픈 아이들을 둔 엄마는 억장이 무너지는 슬픔을 가지고 살아갑니다.

지금 우리 아이는 허리를 구부릴 수 없습니다. 꼿꼿하게 만들어 놓은 인공 척추 때문에 허리를 구부릴 수도, 회전을 할 수도 없습니다. 움직임에 제약이 너무 많습니다. 그래서 저의 손길이 더욱 필요합니다. 식사할 때도 씻어야 할 때도 곱절 이상의 손이 갑니다. 하지만 손이 더 가더라도 좋습니다. 아이가 편안하게 숨을 쉬고, 그 안에서 투정을 부리고 화를 내는 것이 차라리 고통에 힘겨워하는 것보다 훨씬 낫기 때문입니다.

몸의 움직임은 고정됐지만, 그에 비례해 팔의 움직임이 훨씬 많아졌습니다. 특히, 왼팔은 이제 자신의 의견을 피력할 만큼 좋아졌습니다. 팔을 들어 밥 먹는 시늉을 하면 배고프다는 뜻이고, 보조기를 쳐다보며 팔을 들면 걸음 연습을 준비하라는 의미가 됩니다. 사탕을 보며 빠른 속도로 흔들면 그 사탕의 주인은 지희가 되는 것입니다. 비록 손목은 아래로 구부러져 손가락을 쓰는 게 어렵지만, 점점 두꺼워지는 팔을 보며 지희의 머리까지 좋아지는 건 아닌지 조심스럽게 기대해봤습니다.

*

저는 지희의 물리치료사입니다.

아픈 아이의 경우 의사보다 치료사보다 보호자가 제일 잘 압니다. 특히, 엄마가 가장 잘 알고 있습니다. 단순히 가까이 있는 시간이 많아서이기 때문만은 아닙니다. 같은 몸짓이라 하더라도 시간과 상황에 따라 다르게 사용하는 아이의 의도를 엄마라는 존재의 그 특이한 느낌을 통해 정확하게 파악해내기 때문입니다. 때로는 그 안에서 표현되는 아이의 감정 폭까지 흡수하는, 위대한 능력으로 나타나기도 합니다. 엄마는 분명히 아빠와 다릅니다.

저는 언젠가 어머니의 소원이 무엇이냐고 여쭤본 적이 있습니다.

"아이가 걷고 말하는 걸 보고 싶어요. 제가 죽기 전에 단 한 번만이라도 봤으면 좋겠어요."

어머니는 망설이지 않고 답을 주셨습니다. 하지만 그 답에는 가능성이 분명하지 않았습니다. 오히려 잠깐의 적막감이 서로를 이해하는 데 충분한 시간이 되었을 뿐입니다.

잠시 후 다시 여쭸습니다.

"그럼 지희의 소원은 뭘까요?"

되묻는 저의 질문에 아까와는 다른 침묵이 흘렀습니다.

"음…. 지희도 걷기와 말하는 게 아닐까요?"

어머니는 전혀 예상해본 적이 없다는 듯 겨우 대답을 주셨습니다.

"제 생각에는 아닐 것 같습니다. 이건 어머니가 잘 모르시는 것 같네요.

지희는 그렇게 이기적이지 않을 것 같아요. 지희는 자기가 살이 찌지 않았으면 좋겠다고 생각할 거예요. 그리고 무엇보다 엄마가 더 이상 늙지 않았으면 좋겠다고 생각할 수도 있어요."

한 번도 물어보지 않았고, 한 번도 생각해보지 않았던 아이의 소원을 들은 어머니는 금세 눈시울을 붉히셨습니다.

자신의 간절한 소원에 묻혀버린 아이의 작은 바람들이 누구에게도 전달되지 못하고 지금껏 돌아오지 않는 메아리가 되어버렸기 때문입니다. 모든 걸 이해한다고 생각했지만, 그 일방적인 모성에 반응하지 못하고 혼자서 그 대견한 생각까지 했을 것이라는 엄마의 자책에는 용서가 필요했습니다.

"지희가 요즘 오른팔도 좋아지는 것 같아요. 움직임도 점점 많아지는 것 같고요. 의지대로 목표를 가지고 움직이는 게 언제예요? 그냥 의미 없이 흔드는 거 말고요. 혹시 먹을 때예요? 아니면 장난할 때예요?"

선생님으로 사뭇 진지하게 여쭤봤습니다.

"선생님도 잘 아시다시피 지희가 오른팔을 쓰는 경우가 많지 않아요. 밥 먹을 때나 어딜 가리킬 때는 거의 왼손을 사용해요. 하지만 그거 아세요? 지희가 저를 자주 안아준다는 사실을요."

개나리 담장

"미친년 머리 풀어놓은 것 같네."

어머님께서는 거친 표현으로 시골집 담장을 표현하셨습니다.

저희 어머님은 올해 여든두 살이 되셨습니다.

40여 년 전 아버님을 먼저 떠나보내시고 홀로 저희 4남매를 키우셨습니다. 어머니는 돈이 되는 일이라면 무엇이든 하셨습니다. 시골에서 하는 일이라고 해봐야 주로 품을 파는 일밖에는 없었지만, 옆집 도배하는 곳에서도, 잔치가 있는 마을회관 주방에서도 뵐 수 있는 억척스러운 분이셨습니다.

시멘트 벽돌을 쌓은 회색빛 담장은 어머님의 정서와 맞지 않았습니다.

채송화를 비롯해 꽃 잔디, 수선화 등 키 작은 꽃들이 옹기종기 색을 맞춰 피우고 봉숭아와 맨드라미, 그리고 구절초와 상사화가 키를 맞춰 마당을 채워갔습니다.

높은 담장은 개나리가 차지했습니다. 봄이면 노란 꽃으로 담을 쌓고, 여름이면 초록빛으로 물들었습니다. 그렇게 아담하게 꾸며진 시골집은 멀리서도 한눈에 어머니의 안부를 물을 수 있었습니다. 하지만 하나, 둘 자식들이 떠나면서 담장은 더욱 높아져만 갔습니다.

이제 여든이 넘어선 어머니의 곁에는 무성하게 자란 개나리 담장과 잡초에 덮여 색을 잃어버린 몇몇 키 작은 꽃들만이 처량하게 어울려 있었습니다.

여든두 번째 생신을 맞아 온 가족이 시골집에 모였습니다.

마당은 생신 잔칫상을 차리느라 분주한 며느리들이 경쟁하듯 어머님 앞에 음식을 가져다 놓습니다.

그렇게 시작된 식사는 한밤중이 되어서야 끝이 났습니다.

희뿌연 담배 연기 사이로 생신상에 밀려있던 마당이 보이기 시작했습니다.

지난날 억척스럽지만 아기자기하셨던 어머니의 삶은 온데간데없고, 잡초만 무성하게 자라버린 화단은 지켜드려야 할 자리를 지키지 못한 자식의 자책감으로 가득했습니다.

담장의 개나리 넝쿨마저 제 편이 아니었습니다.

아침이 되었습니다.

마당과 담장을 깨끗이 정리해드리고 올라가야 그 죄책감을 덜 수 있을 것 같았습니다.

비록 시작을 어디서 어떻게 해야 할지 도저히 엄두가 나지 않은 상황이었지만, 모두가 각자의 역할을 맡아 개나리 담장 앞에 섰습니다.

꽃과 잡초를 구분할 수 없는 아이들이 맡은 화단은 맏이의 지휘 아래 순조롭게 진행되어 가고 있었습니다.

하지만 가만히 계실 어머니가 아니었습니다.

자신의 게으름을 탓하시려는 듯 어머니는 빠르고 익숙한 손길로 담장을 정리하셨습니다.

'쿵!' 하는 소리가 싸늘하게 뇌리에 박혔습니다.

나동그라져 있는 양동이 옆으로 어머니는 축 늘어져 계셨고' 양쪽 귀 옆으로 피가 흥건하게 흘러내렸습니다. 신고와 동시에 지혈을 시도했고' 계속 의식을 확인해야 했습니다.

키 작은 손으로 가지를 꺾으려 했지만, 어머니에게는 쉽지 않은 일이었다고 하셨습니다. 그래서 양동이를 밟고 올라서다 옆으로 넘어지신 것입니다.

그렇게 구급차 안에서 어머니는 또 다른 삶의 시작을 준비하셔야 했습니다. 그리고 그 삶은 생각과 많이 달랐습니다.

어머니는 바닥에 머리를 부딪치셨지만, 불행하게도 머리로 인한 손상보다는 동시에 다친 목 때문에 후유증이 생겼습니다. 팔꿈치까지는 스스로 움직이셨지만, 아직 손을 사용하기는 힘드셨고, 다리는 마비 증상으로 인해 기지개 켜듯 뻣뻣하게 펴지면서 부들부들 떠셨습니다. 하지만 무엇보다 활력 징후(vital sign)가 불안해 항상 산소 호흡기를 착용하셔야 했습니다. 특히 혈압 조절이 힘드셨습니다. 식사 때문에 앉혀만 드려도 어지러움을 호소하셨고, 그 핑계로 드시는 양 또한 매우 적으셨습니다.

자식들에게 대소변을 받아내게 하는 것이 너무 미안하다고 딱 버티실 만큼만 드셨습니다.

그렇게 일주일을 버티시다 다시 중환자실에 들어가셨습니다. 호흡이 너무 불안정해 의식을 잃으셨기 때문입니다.

나중에서야 간호사에게 들은 말입니다.

그날 어머니는 자식들이 일찍 가서 쉬기를 바랐다고 하셨습니다.

어린 저희는 마당에는 잡초가 자란다는 것을 알지 못했습니다. 항상 예쁜 꽃들만 피어있었기 때문입니다. 더구나 어머니의 부지런함은 어머니가 좋아하는 일을 하시기 때문이라고만 생각했습니다.

　하지만 이제 어머니를 놓치기 싫은 아들이 생각해봅니다.

　어머니는 자식들이 예쁘고 착하게 자라길 바라셨습니다. 계절이 바뀌어도 항상 꽃을 보며 감성이 메마르지 않게 자라길 바라셨고, 색이 다른 꽃을 보며 세상에 맞는 각자의 역할을 찾으라 하셨습니다. 키가 다른 꽃을 보며 높은 자리에서, 항상 낮은 자리에서 열심히 사는 이들도 살펴보라는 뜻이었습니다. 어머니는 그렇게 자식들이 자라길 바라셨습니다.

　올해도 회사 앞 아파트 담장에 개나리가 피었습니다.

　차가운 도시 한가운데 작고 예쁜 꽃들이 모여 많은 사람에게 추억을 선물합니다.

　저희 어머님댁에도 개나리가 피었을 것입니다.

　집 둘레를 따라 담장 아래 노란색을 자랑하며 참 예쁘게 피었을 것입니다.

　어머니가 돌아가시기 전 그 모습 그대로 정리되지 않은 채 시골집은 그 자리에 있습니다. 마당은 발 디딜 틈 없이 잡초가 가득했고, 개나리 담장은 들쑥날쑥 그 형태를 잃어버렸습니다.

　담장을 정리하려 해도 이제는 저에게도, 어머니에게도 어떠한 의미가 없었습니다. 또한, 조금 더 일찍 정리해드리지 못했다는 죄책감에 그대로 놔둘 수만 있는 상황도 아니었습니다. 넝쿨을 모두 뽑아버릴까도 생각해봤지만, 어머니와의 모든 추억이 사라질까, 그 또한 쉽지 않은 일이었습니다.

그래서 시골집은 갈 수가 없었습니다.

저는 이렇게 어머니를 정리하지 못하고 있습니다.

산해(山害)

미안해요, 선생님.

이이가 원래 이렇지는 않았어요. 아프고 나서부터는 자기 몸에 누군가 손만 대면 이렇게 욕을 하고 거칠어지네요. 어린 손자가 있어도, 사돈네가 같이 있어도 아랑곳하지 않고 질러대는 통에 이만저만 신경 쓰이는 게 아니에요. 갈수록 더하네요.

그이는 제지회사에서 근무했어요. 신용카드 영수증처럼 여러 장의 종이에 같은 내용의 문자를 찍는 일을 하셨어요. 비록 과장의 자리에 있었지만, 여느 신입사원 못지않은 부지런함으로 직장 내에서도 존경받는 직원이셨고요. 새벽 출근과 달 퇴근을 반복하며 참 열심히 살던 사람이었는데….

출장을 가시던 길에 차가 전복됐어요. 빗길에 미끄러져 가드레일을 받고, 다시 반대쪽으로 핸들을 틀다 전복이 된 거죠. 당시에는 이마와 팔꿈치에 약간의 찰과상만 입었을 뿐 별다른 외상과 증상도 없었어요. 천만다행으로 목과 머리도 무사했고요. 안전벨트 덕이었지만, 워낙 운전에 조심하던 사람이라 속도를 내지 않았던 게 그 사람이 살아남을 수 있었던 이유이지 않았을까 싶었어요.

그 후에 바로 집 근처 병원에 입원했어요. 외상을 비롯한 다른 곳에 혹시나 이상이 있는지 검사해보려고요. 후유증이 생기면 안 되잖아요. 근데 입원 3일째 되던 날, 원장님께서 남편이 혹시 뇌졸중 의심 증상이 있었는지 여쭤보시더라고요. 어지럽다고 한 적은 없었는지, 한쪽 팔다리가 저리다거나 평소와 다른 느낌을 받는다고 하지 않았는지 예를 드시면서요. 입원 초기에 찍은 MRI에서 남편의 뇌졸중 의심 징후가 발견됐는데, 혹시 모르니깐 조금 더 큰 병원에 가봐야 할 것 같다고요. 하지만 그이와 함께했던 시간은 오로지 새벽잠을 같이 자는 시간밖에 없었어요. 시간을 사치스럽게 쓰지 않던 사람에게서는 어떤 말도 들을 수 없었고, 어떤 증상도 볼 수 없었거든요.

거짓말같이 그이는 그날 저녁에 화장실에서 쓰러진 채 발견됐어요.

그이는 하루종일 집안에만 있었어요. 아들은 공무원 시험 준비한다고 틈틈이 아빠를 병간호했지만 거기에도 한계가 있었고, 저는 생활 전선에 뛰어들어야만 했구요. 그이 하나만 바라보고 있기에는 우리 가족이 아주 위태로웠거든요. 병원비도 많이 들었고, 누군가는 벌어야 했고 또 다른 누군가는 벌기 위해 많은 노력을 해야만 했어요. 꼭 그렇게 해야만 살 수 있었어요.

고맙게도 그이는 혼자서 화장실에 가고, 차려놓은 밥을 먹을 만큼 좋아졌어요. 그리고 점점 할 수 있는 일이 많아지면서 우리 가족의 걱정 또한 줄어들기 시작했고요.

그이가 사고 나던 해에 증조할아버지와 증조할머니, 할아버지와 할머니의 묘를 정리했어요. 두 분씩 합장을 시켜드렸던 거예요.

그이를 시작으로 큰 아주버님이 출근 중에 심장마비로 돌아가셨고, 작은 아주버님은 욕실에서 넘어져 식물인간이 되셨죠.

어른들 말씀에 산해(山害)라고 했어요. 사이가 좋지 않으셨던 할아버지 할머니를 합장하는 바람에 자손이 피해를 보게 되었다고요. 매우 이성적인 저도 혹하고 넘어갈 뻔할 정도로 시댁에는 좋지 않은 일이 연속해서 일어났습니다.

그이에게도 아직 끝나지 않은 일들이 계속 일어났고요. 신장결석 때문에 응급실을 찾아야 했고, 비뇨기에도 이상이 생겨 자주 병원을 드나들어야 했어요. 게다가 혈관성 치매까지. 어디 아프지 않은 곳 하나 없이 온몸이 아팠어요. 지금은 왼쪽 팔다리가 구겨져 펴지질 않네요. 그래서 그런지 자꾸 붓고….

그이는 강직약을 비롯해 위장약, 치매약, 붓기 빠지는 약, 소변 잘 나오는 약 등 9가지의 약을 아침, 저녁으로 18개의 약을 먹어요. 그렇게 먹지 않으면 꼭 티가 나거든요.

저희에게는 포메리안 믹스견 한 마리가 있었어요. 나이는 세 살, 이름은 순심이, 그이와 유일하게 감정을 나누는 친구였지요. 그이는 한 번도 순심이에게 화를 내본 적이 없었어요. 그이가 조금씩 다시 걸을 때쯤 순심이는 앞장서 그이를 안내했고, 그이는 자신의 간식을 나눠주며 서로를 위했지요. 병원 가는 날이면 그이 옆자리에 꼭 붙어 떨어지려 하지 않았고, 혹여나 소리라도 지르는 날에는 달려가 애교를 부리기도 했어요.

한번은 그이랑 순심이랑 둘이 데이트를 하고 왔어요. 가끔 전동 스쿠터 타고 산책을 가거든요. 스쿠터 앞 그물망에

순심이를 싣고요. 그런데 순심이는 보이질 않고 그이만 절
뚝거리는 걸음으로 온 방을 헤매고 다니는 거예요. 휴대폰
을 잃어버렸다면서…. 그래서 그이에게 오늘의 동선을 물어
보고 다시 되짚어갔지요. 그러길 20여 분. 저 멀리 순심이
가 웅크리고 있지 않겠어요? 불러도 쳐다보지도 않고. 그래
서 가까이 가봤어요. 혹시나 잘못되지 않았나 싶어서…. 그
런데 자세히 보니 그이 휴대폰을 품에 안고 있더라고요. 물
고 오려고 했는데 미끄러워서 물지 못했던 것 같아요. 그래
서 그이가 다시 오기만을 기다리고 있었고.

그렇게 순심이는 그이에게 참 잘했어요. 친구처럼, 연인
처럼.

하지만 순심이는 얼마 못 가 죽은 채로 발견됐어요. 옆집
에서 고양이 잡는다고 멸치에 약을 쳐 놓은 거죠.

순심이가 죽고 그이가 심심해하길래 다시 강아지를 분양
받아왔어요. 그런데 그이는 거들떠보지도 않는 거예요. 강
아지도 그이 곁에 가려 하지도 않고…. 그래서 그이에게 물
어봤어요. 그랬더니 강아지가 멍청하다는 거예요. 도저히
말도 못 알아먹고, 눈치도 없다고. 차라리 갖다 버리라고.

혹시 그이의 성격이 변한 게 순심이 때문은 아닐까 생각
해본 적도 있어요.

시댁 일과 그이가 자꾸 병을 얻는 게 정말 묘를 잘못 써서 그런가 싶은 생각이 자꾸 들어요. 그이한테 순심이마저 빼앗아 가버리는 걸 보면요. 혹시나 그렇다면 할아버지 할머니에게 부탁드리고 싶어요.

당신들의 싸움에 왜 손자 혼자 그렇게 많은 벌을 받아야 하는지, 그리고 왜 하필 그이인지 알고 싶다고요. 그리고 제발 좀 그만해달라고요.

하지만 그게 아니라면 어떻게 해야 할지 모르겠어요. 이렇게 고생만 시키고 보내고 싶지는 않아요. 지팡이라도 짚고 걸을 수 있을 만큼만 돼도 괜찮을 것 같은데….

유효기간

벌써 3년이 지났습니다.

남자 친구는 경찰공무원이 되고 싶어 했습니다. 힘이 들더라도 안전한 직장에서 오랫동안 일하고 싶어 했습니다. 그리고 그의 바람이 커져 갈수록 저와의 시간은 점점 줄어들었습니다. 아르바이트는 물론 학원도 다녀야 했고, 틈틈이 인터넷 강의도 들어야 했습니다. 심지어 졸린다고 식사도 많이 하지 않았습니다. 그렇게 시간이 모자란 친구에게 보챌 수도, 그렇다고 지켜만 볼 수도 없는 애매한 연애를 하고 있었습니다.

말도 안 되는 사소한 일로 다투는 날들이 많아졌습니다. 가끔은 쉽게 화해를 했지만, 반대로 오랜 시간을 침묵으로 보내는 날도 많았습니다. 그리고 그 시간은 점점 길어졌습니다. 어린 사랑을 할 때는 좋은 점만 보였습니다. 그러나 그 사랑에 책임이 주어지고 시간이 더해지면서 점점 어른들의 사랑을 흉내 내고 있었습니다. 상대방의 단점을 미처 보지 못한 자신을 탓하지 않고, 그저 상대방이 변했다고 탓하는 이기적인 사랑을 하고 있었던 것입니다. 시간이 갈수록 그 강도는 더해갔습니다.

"수진아, 생일 축하해. 이거 선물."

해바라기 모양의 펜던트가 인상적인 목걸이였습니다. 학생이 받기에는 조금 부담이 되는 선물이었습니다.

"이거 무슨 돈으로 샀어?"

"아르바이트 시간 연장했어. 전에 하던 형이 갑자기 그만둔다고 해서…. 그 시간까지 내가 했지."

자신의 용돈도 아르바이트로 벌어 쓰는 참 성실한 친구였습니다. 제 생일이라고 연장 근무까지 해가며 한 달을 힘들게 일해줬다는 사실에 고마움보다 미안함이 더 컸습니다. 공부하는 사람에게 마음을 쓰게 한 저 자신이 부끄럽기도 했습니다.

생일을 핑계로 저희는 다시 연인이 되었습니다.

식사를 하고, 커피를 마시고, 이야기를 하고, 여느 연인들이 하듯 심심하지만, 딱히 지루하지 않은 데이트를 했습니다.

시간이 늦어지고 있었습니다. 작별을 재촉하는 빨간 신호등이 자꾸 제 눈에 들어오기 시작했습니다. 서로는 아직 소홀할 수밖에 없었던 미안함을 전하지 못했습니다. 하필 그때였습니다. 무섭게 커브를 돌던 검은색 자동차가 저희를 향해 미끄러지고 있었습니다. 아직 남자친구는 저를 보고 있었는데도 자동차는 아랑곳하지 않고 달려들었습니다.

그렇게 20여 미터를 끌려갔습니다.

구급차는 5분이 채 되지 않아 도착했습니다. 온몸이 피에 젖어 지혈해야 할 곳을 찾기가 쉽지 않았습니다. 다친 곳이 너무나 많았습니다.

병원에 도착하자마자 응급의학과, 신경외과, 정형외과, 성형외과 할 것 없이 많은 진료과가 다녀갔습니다. MRI, CT 등 많은 검사와 수혈 등도 일사불란하게 이루어지면서 남자친구를 어떻게든 잡으려고 했던 의료진이 고마웠습니다.

음주운전이었습니다.

머리를 비롯해 팔과 다리까지 어느 한 군데도 성한 곳이 없었습니다. 머리는 오른쪽을 크게 다쳤고, 양쪽 팔과 오른쪽 골반이 부러졌습니다. 갈비뼈의 다발성 골절도 의심됐습니다. 왼쪽 다리를 제외하고는 얼굴까지 온몸이 부상을 당했습니다. 너무나 생생한 사고의 기억은 현실을 부정하려는 저를 붙잡고서 놓지 않았습니다. 장장 9시간의 수술을 마치고 무겁게 실려 나왔습니다.

　외상도 그렇지만 출혈이 많아 수혈양도 많았습니다. 면역력도 바닥이었습니다.

　수술과 처치가 반복되었지만, 생존 가능성은 자꾸 희박해져 갔습니다. 호흡은 목 일부를 절개해 기도를 확보했습니다. 소변 주머니를 착용하고 식사는 콧줄을 통해 주사기로 공급했습니다. 재활도 할 수 없는 상황이었습니다. 건강했던 왼쪽 다리마저 강직이 심해졌기 때문입니다. 그리고 무엇보다 활력 징후가 안정되지 못했습니다.

　남자친구의 컨디션은 매일 달랐습니다. 어떤 날은 강직이 심하고, 어떤 날은 축 처져 있었습니다. 어떤 날은 다리가 터질 정도로 붓는가 하면, 어떤 날은 식은땀을 흘리며 체온을 높이기도 했습니다. 그 어떤 약도 듣질 않았습니다.

　멀쩡한 아들이 사경을 헤매고 있었습니다. 그리고 그 사고의 원인으로 지목된 제가 그 옆에 있습니다. 아들 때문에 경황이 없으신 탓에 아직 저를 알아보지 못하고 계셨나 봅니다. 먼저 찾아가 용서를 빌었습니다. 당신의 아들을 지켜주지 못한 저를 탓하시고 화가 풀리실 때까지 혼내 달라고 했습니다. 하지만 그의 부모님에게는 많은 시간이 필요했고, 저의 죄책감을 달래줄 어떤 여유도 없으셨습니다.

겨우 인공 호흡기를 땔 무렵부터 그의 부모님은 저의 접근을 강하게 거부하셨습니다. 아들의 기억이 돌아와 저를 보고 힘들어할까 봐도 그렇지만, 그의 미래를 무참하게 짓밟아버린 죄인을 그 스스로가 용서해버릴까 걱정하는 것일 수도 있었습니다.

하지만 그에 못지않게 저 역시 고통스러웠습니다. 바로 눈앞에서 벌어진 생생한 기억들이 남자친구의 얼굴에 오버랩되면서 이루 말할 수 없는 고통에 시달려야 했기 때문입니다. 그는 한 부모의 자식이기도 했지만, 저의 연인이기도 했습니다.

정말 매일 찾아갔습니다. 혼자 있기 너무나 괴로웠습니다. 저희 부모님도 모든 사실을 알고 계셨지만, 제게 해주실 수 있는 그 어떤 것도 없었습니다. 그때는 부모님의 위로도, 세상 그 무엇도 필요 없었습니다. 단지, 걱정했던 것은 그에게 도움이 된다면 뭐라도 하겠다는 것과 그게 뭔지 모른다는 것 딱 두 가지뿐이었습니다.

다친 남자친구에게 평생 갚지 못할 죄를 지었다고 생각했습니다. 조금 일찍 들여보내 줬더라면, 조금만 더 인도 안쪽에서 이야기했더라면 하는 후회만 있을 뿐, 현실은 아무것도 바꿀 수도 변하지도 않았습니다.

사고의 기억과 그 날의 후회, 그리고 그 사람의 현재 모습.

이 모든 것들이 한시도 머리에서 떠나지 않았습니다. 기억에서 떠나야 제가 살 수 있을 것 같았지만, 그렇게 잊어버리기에는 너무 큰 죄책감이 있었습니다.

애증의 중간에 서서 어느 한쪽으로도 기울어지지 않는 자신을 마주하는 것은 큰 고통입니다.

아직도 누워있는 남자친구와 그를 바라보고 있는 부모님, 그리고 시간이 갈수록 가까이 갈 수 없는 저는 할 수 있는 게 아무것도 없습니다.

차라리 죄책감에 유효기한이라도 있었으면 좋겠습니다.

혼내지 말아요

"아빠, 비 올 것 같은데요?"

"그러게. 어째 좀 불안하다."

"가지 말까요?"

"오늘이 중요한 경기인데…. 난감하네."

"이 정도 날씨면 괜찮을 것 같기도 한데요?"

"그냥 가볼까? 가서 취소되면 되돌아오는 걸로 하고."

"네. 근데 엄마 몰래 가도 돼요?"

"괜찮아. 아빠가 다 책임질게."

"그건 그렇고, 준비물은 다 챙겼지?"

"네. 유니폼하고 응원 막대만 챙겼어요. 짐이 커지면 들킬 것 같아서요."

"오케이. 이따 학교 앞에서 보자."

저는 진석이 아빠입니다.

제 아들은 야구를 무척 좋아합니다. 아직 녀석이 가지고 놀 만큼 야구장비들이 몸에 맞지는 않지만, 웬만한 캐치볼 정도는 무리 없이 하는 수준입니다. 하지만 응원전이 시작되면 녀석은 캐치볼의 수준을 넘어 프로에 가까운 모습을 보입니다. 선수들 이름부터 등번호, 팀 순위를 비롯해서 각 선수들의 응원가까지 모두 꿰차고 있는 화끈한 골수팬입니다.

그에 반해, 아내는 야구뿐만 아니라 모든 스포츠를 싫어했습니다. 던지고 받고, 차고 달리는 그 어떤 종목도 한심하게 여기는 사람이었습니다. 더욱 이해할 수 없었던 것은 저희 둘만 다녀오겠다고 해도 마다한다는 것입니다. 그녀는 혹시나 그들만의 추억에서 혼자만 소외되지는 않을까 두려웠나 봅니다. 참 열심히도 방해했습니다.

하는 수 없이 저희는 항상 TV 중계방송으로 그 열정을 채워왔습니다.

하지만 이번 경기는 순위를 다투는 중요한 경기였습니다. 꼭 저희의 목소리 응원이 필요한 경기였습니다.

아내 몰래 아들 녀석과 야구장에 가기로 했습니다.

한 시간 정도의 거리에 있는 야구장을 가기 위해서는 조금 서둘러야 했습니다. 자칫하면 퇴근시간과 겹칠 수 있어 조금 서둘러 학교 앞으로 데리러 가기로 했습니다.

오늘은 아빠로서 점수를 딸 좋은 기회였습니다.

이날만큼은 글러브도 챙기지 않았습니다. 엄마에게 절대 들키지 않아야 했기 때문입니다. 녀석은 등교 전날부터 가방 구석에 유니폼과 응원 막대를 챙겨놓을 만큼 철저한 준비를 했습니다. 하지만 어느 누가 봐도 녀석에게는 좋은 일이 기다리고 있음을 눈치챌 수 있었습니다. 위험했지만, 아들은 비밀을 지켜냈습니다.

목이 쉬어라 응원하고 손뼉 치며 고함을 질렀습니다. 결국, 아들의 힘찬 응원은 선수들에게 큰 힘이 되었습니다.

경기가 끝나갈 무렵, 비가 내리기 시작했습니다.

생각보다 늦어진 경기 때문에 거짓말이 탄로 날 위기에 처했습니다. 더군다나 아들의 알리바이의 경우 그 시간이 지난 지 오래였습니다. 조금 서둘러야 했습니다.

저희는 그렇게 출발했습니다.

한참을 달려 터널을 막 빠져나올 때였습니다. 속도가 붙은 차가 갑자기 빗길을 만나면서 미끄러졌습니다.

그리고 거기까지가 제 기억의 한계였습니다.

"여보. 진석이 오늘은 나한테 꼭 들렀다가 가라고 해."

이 녀석은 아빠가 입원해 있는데도 한 번도 병원에 오지 않았습니다. 벌써 한 달이 지났는데도, 이 녀석은 전화 한 통 없습니다. 비록 외상이 없어 아픈 사람처럼 보이지 않는다지만, 한 번쯤은 와서 아빠의 안부를 물어야 했습니다. 하지만 녀석은 캠프를 핑계로 나타나지 않았습니다. 시험을 핑계로 학원을 핑계로 아이는 병원에 오기 싫어했습니다.

무엇보다 문병 오는 사람들이 이상했습니다. 유난히 우는 사람들이 많았고, 아들의 안부가 건강하다는 것을 알고 있는 사람들도 많았습니다. 사고 후 한 달이 넘는 동안 도대체 어떤 일들이 있었을까요? 그 시간은 사랑하는 아들의 성격까지 바꿔버렸습니다.

아들에게 사춘기가 오기에는 너무 빠른 나이였습니다.

*

저는 진석이 엄마입니다.

진석이는 형체를 알아볼 수 없을 정도로 머리를 심하게 다쳤습니다. 출혈량도 많아 병원에서는 살기 어려울 것이라고 했습니다. 그래도 할 수 있는 온갖 처치와 치료를 해달라고 했습니다. 부탁할 수 있는 모든 것을 부탁해봤습니다. 하지만 아이를 살릴 수 있는 방법을 찾는다는 게 쉬운 일은 아니었습니다. 도저히 방법이 없었습니다. 서울의 큰 병원으로 가보려고도 했지만, 아이가 너무 위험했습니다. 진석이는 그렇게 겨우겨우 숨만 이어갔습니다.

저 또한 아이를 보낼 준비가 되어있지 않았습니다. 어떤 자식인데 그렇게 허무하고 힘들게 보낼 수 있단 말입니까?

아이는 남은 힘을 채우지 못하고 3일째 되던 날, 곁을 떠났습니다. 처참하게 부서진 차 안에서 살기 위해 얼마나 발버둥 쳤을지, 죽음이 다가오는 공포 속에서 얼마나 떨었을지를 생각하면 살아있는 제가 너무나 죄스럽습니다. 얼마나 애타게 찾았을까요? 얼마나 무섭고 두려웠을까요? 아직도 살려달라고 소리치는 것만 같아 고개를 들어보지만, 뜨거운 눈물만 흐를 뿐 할 수 있는 건 아무것도 없습니다.

하지만 언제까지 아이를 보내지 못하고 슬퍼할 수만은 없었습니다. 남은 사람마저 생각해야 했습니다.

기억이 돌아온 그 사람이 아이를 놓쳐버린 자신 스스로를 어떻게 감당해낼 수 있을지 걱정입니다. 누구보다 아이를 사랑했던 사람이었습니다. 그 아이가 세상에 없다는 것을 어떻게 설명해야 할까요? 당신의 잘못으로 아이를 잃었다는 사실을 어떻게 말해야 할까요? 평생을 가슴에 안고 살아야 할 텐데, 어떻게 해야 할지 모르겠습니다. 그 사람을 보고 있으면 너무 안쓰럽습니다. 그럴 바엔 차라리 기억이 돌아오지 말기를 기도해야 할지도 모르겠습니다.

오늘도 그이는 아들을 찾았습니다. 세상에 있지도 않은 아이에게 혼을 냈습니다.

바보 아빠

도로 건너편은 덤프트럭들이 한 차선을 전부 차지하고 주차되어 있었습니다. 그래서 길을 지나는 차량은 나머지 한 차선을 두고 아슬아슬하게 비켜가야만 했습니다. 더구나 제 차에는 하드탑이 설치된 상태였기 때문에 상대 차들을 피하기 위해서는 상당히 많은 주의를 요구했습니다. 게다가 반대쪽 보행자도 생각해야 했습니다.

그때 추월을 시도해 앞지른 차량이 있었습니다. 조금 전부터 사이드미러에 자꾸 등장했던 차량이었습니다. 그리고 그 차량은 앞 차선을 막고 그 자리에 섰습니다.

경적을 울렸습니다. 느닷없이 끼어든 차량에 대해 놀랐다는 반응이기도 했지만, 길을 막고 통행을 방해한 행위에 대한 경고이기도 했습니다. 좁은 도로를 이유 없이 막고 선 운전자는 그렇게라도 혼이 나야 했습니다. 하지만 그 메시지가 미처 전달되기도 전에 일이 벌어졌습니다.

"내려. 내리라고. 이 새끼야!"

5분여 전…

교차로에서 끼어드는 차량을 향해 경적을 울렸던 게 기억이 났습니다. 길게 선 좌회전 신호에서 갑자기 앞으로 끼어들던 바로 그 검은색 차량이었습니다. 그는 그때부터 제가 옴짝달싹할 수 없는 상황이 될 때까지 기회를 엿보며 뒤를 쫓아왔던 것입니다.

차에서 끌려 내려가자마자 그는 무자비한 욕설을 퍼부었고, 얼굴과 머리를 향한 주먹질을 계속했습니다. 겨우 피범벅이 되어서야 멈추는가 싶더니, 발로 차고 밟고를 수차례 반복하며 나머지 분을 풀었습니다. 결국, 갈비뼈까지 부러뜨리고 나서야 그의 화는 멈췄습니다.

나중에 경찰에게 들은 바로는 차 안에 같이 타고 있던 그의 아들이 경적 소리에 놀라 우는 모습을 보고 순간 화가 났다고 했습니다.

*

아빠는 머리를 심하게 다치셨습니다. 맞기도 많이 맞으셨지만, 바닥에 쓰러지며 부딪힌 것이 더욱 큰 원인이라고 하셨습니다. 결국, 오른쪽 팔다리가 마비돼 스스로 사용하실 수 없게 됐습니다. 더구나 인지기능까지 손상되면서 자신이 누군지 여기가 어딘지도 모르는 바보가 되어버렸습니다. 말씀은커녕, 입으로 소리조차 내지 못하십니다. 밥은 먹었는지, 머리는 아프지 않은지, 제가 누군지 아느냐고 물어봐도 마냥 알았다는 듯이 고개만 끄덕이며 웃기만 합니다. 그저 비뚤어진 얼굴로 해맑게 웃고만 있습니다.

한쪽 다리가 건강하면 보조 도구를 사용해서라도 걸을 수 있다고 합니다. 하지만 아빠의 한쪽 다리는 이미 굳어버렸습니다.

아빠는 어려서부터 소아마비를 앓으셨습니다. 왼쪽 다리를 저는 증상이 있으셨지만, 하루 10시간이 넘는 택배 일을 하실 정도로 건강하고 책임감 강하신 분이셨습니다. 엄마 역시 아빠 못지않은 부지런함으로 저희 딸 셋을 키우셨습니다. 비록 가족이 모여 외식 한번 제대로 하지 못했지만, 아빠의 책임감과 엄마의 부지런함을 생각하면 그마저도 사치스러운 일이라고 생각했습니다.

엄마는 다니던 마트를 그만두시고 간병 일을 시작하셨습니다. 종일 마트에서 서서 일하며 받는 월급보다 아빠에게 들어가는 간병비가 더 많아서이기도 했지만, 힘들게 살아온 남편에 대한 마지막 예의를 지키기 위해서라도 엄마는 선택을 해야 했습니다. 그리고 그 선택에 대해 어느 누구도 반문(反問)하지 않았습니다. 대신 엄마가 학원에 다니는 동안만큼은 딸들이 순서를 맡아 아빠를 간병하기로 했습니다.

하지만 다 큰 처녀들이 남자인 아빠를 병간호한다는 게 말처럼 쉽지 않았습니다. 씻겨드리는 건 둘째 치더라도 대소변에 있어서 곤혹스러운 상황들을 자주 맞이해야 했기 때문입니다.

신호를 보낼 줄 모르는 아빠의 사정은 고스란히 저희 차지일 수밖에 없습니다. 특히, 물리치료를 받으시던 중에 일을 보셨을 때가 가장 곤란했습니다. 치우러 가기에는 너무 많은 시간이 걸렸고, 그 시간이 아니면 치료를 받을 수가 없었습니다. 참고 이해해주시는 치료사 선생님에도 미안했지만, 그보다 뒷수습을 해야 하는 과정이 만만치 않았습니다. 아빠지만 불편할 수밖에 없었습니다.

하지만 엄마는 아빠를 간병하는 것만큼은 똑똑하고 젊은 저희보다 나았습니다.

아빠는 저희를 참 예뻐했습니다.

퇴근한 아빠의 다리를 주물러 주기 위해 모여드는 세 딸을 한 번에 안아주시기도 했고, 그 세 딸의 머리를 일일이 묶어주고 땋아주기까지 하셨습니다. 아무리 피곤해도 저희가 모두 잠들고 나서야 주무시는가 하면, 혹시나 이불은 차지 않을까 매번 방을 들락거리시던 아빠였습니다. 그리고….

우리 딸 좋은데 시집가야 한다며 공부하는 데 돈 아끼지 말라고 하시던 아빠였습니다. 그 딸들에게 혼수라도 잘해서 보내야 한다며 불편한 걸음으로 열심히 일하시던 아빠였습니다. 비록 자신은 빵으로 식사를 때우며 평생을 운전대만 잡으셨지만, 딸들만큼은 좋은 곳으로 시집가길 바라셨던 참 바보 같던 아빠였습니다.

아빠는 자신의 몸이 불편해 마음껏 뛰어놀아주지 못하셨지만, 저희에게 마음껏 뛰어놀 수 있는 건강한 다리를 주셨고, 풍족한 여유보다 마음의 여유를 찾을 수 있는 현명함과 부지런함을 선물하셨습니다. 아빠는 저희에게 참 많은 것을 주셨습니다.

그렇게 저희는 받는 것에만 익숙해져 있었습니다.

도리어 주기만 했던 아빠는 이제 아무것도 줄 수도, 할 수도 없는 혼자만의 세상에 갇혀버렸습니다. 빠져나올 힘도,

목적도 없이 외롭게 갇혀있는 아빠에게 저희가 해드릴 수 있는 걸 찾아야 했지만, 그 어디에도 찾을 수 없었습니다. 그리고 할 줄도 몰랐습니다. 주기만 했던 아빠와 받기만 했던 저희 사이에서 변해버린 현실을 인지하기에는 아직 많은 시간이 필요했습니다.

저희를 이렇게 아무것도 할 수 없는 바보로 만들어 놓고서 당신은 누워만 있습니다.

이제 할 수 없는 바보 딸이 할 줄 모르는 바보 아빠에게 하고 싶은 말이 있습니다.

"저는 다시 태어난다고 해도 아빠 딸로 태어날 거예요. 저 때문에 그만큼의 고생을 다시 하시겠지만, 그래서 죄송하지만, 저는 아빠 딸로 태어나고 싶어요.

책 산다고 거짓말하고 친구들이랑 커피 마시며 놀러 다닐 거예요. 화장품도 비싼 것만 살 거고요. 혼수는 필요없는 기능까지 추가된 걸로 살 거예요. 그렇게 아빠 속 썩일 거예요. 그리고 밖에서 아빠 차 보이면 숨지 않고 학교까지 데려다 달라고 조를 거예요. 주말마다 여행 가자고도 조를 거고요. 그렇게 귀찮게 할 거예요.

그래도 아빠는 저희 말을 들어주실 거잖아요. 바보처럼….

밤을 위한 노래

"턱을 다쳤어요. 찢어진 것 같은데…. 괜찮을까요?"

올해만 벌써 세 번째 응급실 방문입니다.

첫 번째는 소파에서 떨어져 이마가 찢어진 상태로 방문했고, 두 번째는 이유를 알 수 없이 생긴 손등의 멍과 붓기가 걱정돼 다녀간 적이 있습니다. 이번에는 식탁에 찧은 턱의 출혈이 심해 급하게 응급실을 찾게 된 것입니다.

열세 바늘을 꿰맸습니다.

우리 집은 지은이와 소은이, 그리고 남편과 저, 이렇게 넷이 살고 있습니다. 지은이와 소은이는 연년생으로 17살, 16살 자매입니다. 딸만 둘이라 수다스럽고 단란한 가정이라고 생각하실지 모르겠습니다. 개중에는 부러워하시는 분도 계실 것으로 생각합니다. 하지만 우리 집은 여느 두메산골 암자 못지않게 조용합니다. 벌써 17년째 이어진 고요함은 숨소리마저 허락하지 않는 잔인함을 선물했습니다.

우리 집 식구들은 누구 하나 소음을 만들지 않습니다. 밤이 되면 꼭꼭 닫은 문틈 사이로 혹여나 새어나가는 소리가 없는지 확인하고, 각자의 휴대폰은 진동상태로 바꿔놓습니다. 언제나 그렇듯 창문이 닫혀 있는지 다시 한 번 확인합니다. 개 짖는 소리나 자동차 경적 소리가 새어들어 올 수 있기 때문입니다. 이렇게 우리 가족은 많은 준비를 하고 잠자리에 듭니다. 바로 조그마한 소리에도 반응하는 우리 아이 때문입니다.

지은이는 뇌성마비를 앓고 있습니다.

지은이는 말을 하지 못합니다. 걷지도 서지도, 심지어 1m의 거리도 스스로 이동할 수 없는 중증의 장애아입니다. 대소변은 물론 식사, 목욕까지 저의 두 손이 항상 바쁘게 움직여만 뒷바라지할 수 있습니다.

식사는 보통 한 시간 이상이 걸립니다. 씹지를 못해 항상 이유식을 준비하지만, 이마저도 삼키는 걸 어려워해 참 많은 시간과 정성을 들여야 합니다. 밥을 먹어야 약을 먹고, 또 약을 먹어야 다른 나쁜 증상들을 억제할 수 있기 때문에 적은 양이라도 꼭 먹어야 합니다. 더구나 자칫 사레라도 들리면 큰일이기 때문에 밥 한번 먹이는 데 많은 주의와 관찰이 필요합니다.

대·소변 또한 기저귀를 채워놓기 때문에 안심이 된다지만, 자칫 짓무르지 않을까 틈틈이 살펴봐야 합니다. 저의 모든 신경은 언제나 지은이를 향해 있습니다.

하지만 그와 다른 이유로 지은이는 자주 저를 혼란에 빠뜨립니다.

자꾸 소리를 지릅니다.

TV 소리에 대꾸하고 전화벨 소리에 괴성을 지릅니다. 밥솥의 압력이 빠지는 소리에는 도저히 흉내 낼 수 없는 큰 소리로 반응합니다. 어두워질수록 커지는 윗집의 뛰는 소리에 더욱 큰소리로 대답하고 화장실 물 내려가는 소리에 비명을 지릅니다. 오히려 우리 집에서 반응하는 소음의 크기가 염려될 수밖에 없었습니다. 지은이는 아직 주위 이웃에 대한 배려심을 갖지 못하는 나이입니다.

지은이는 어려서 소리에만 반응했습니다. 맛이나 냄새, 온도 등 다양한 자극에도 반응을 보이지 않던 아이가 소리가 나는 쪽으로 고개를 돌리고 그쪽을 향해 소리를 지릅니다. 특히, 동요를 비롯한 리듬감이 있는 반복되는 음에 더 큰 호기심을 보였고, 2G 휴대폰에서 울리는 단음의 동요에 가장 큰 반응을 보였습니다. 심지어 부딪혀 피가 나도 눈물만 찔끔 흘릴 뿐 울지 않던 아이가 비명을 지르며 좋아했습니다. 무한한 반복에도 같은 크기로 소리를 질렀습니다.

한 가지!

아픈 아이를 가진 부모들은 이럴 때 가장 가슴이 아픕니다. 모서리에 긁혀 피가 나고, 문틈에 끼어 발톱에 멍이 들고, 심지어 휠체어 바퀴에 손가락이 끼어 부러지는 상황에서도 아프다고 표현하지 못하고, 부모가 자신의 상황을 발견할 때까지 참고 견디는 아이들을 보면서 피눈물을 흘립니다. 자신의 어려운 상황을 표현할 만큼 인지능력도 힘도 없는 아이들이기 때문입니다.

아파도 조용히 숨어있던 아이가 주위의 소음과 소리에 반응했습니다.

저희는 지은이에게 꾸준히 소리를 만들어 주기로 했습니다. 지은이가 보이는 소리에 대한 대답들이 저희와 이루어지는 대화인 마냥, 그리고 그 희망을 품을 수 있도록 다양한 자극과 노력을 시도해 보기로 했습니다. 그러다 보면 다른 자극들도 발달하지 않을까 하는, 소망 같은 희망을 품었습니다. 동요도 들려주고, 이야기 동화도 들려주고, 수많은 소리를 만들어 들려주기도 했습니다. 하지만 고집스럽게도 소리 한 가지에만 반응하는 지은이의 발달과정을 지켜보면서 저희가 할 수 있는 선택의 폭이 많지 않다는 것을 느끼게 되었고, 점점 현실적인 부모가 되어야만 했습니다. 달리 해 줄 수 있는 게 많지 않았습니다.

신기하게도 시간이 지날수록 지은이는 소리의 크기에 따라서 다른 반응을 했던 것 같습니다. 비록 섬세한 소리는 구분할 줄 몰랐지만, 소리의 크기에 대한 반응이 다르다는 사실은 저희에게는 참 신기하고 고맙게 들렸습니다. 비록 남들의 귀에는 비명에 가까운 소리였지만, 저희에게는 부모를 알아보는 지은이의 대답으로 들렸기 때문입니다. 내심 큰 기대를 했습니다. 지은이의 비명에 혹시나 말이라도 트이는 건 아닌지 다시 한 번 부모로서 욕심이 나기도 했습니다.

십여 년이 지나고 보니 지은이의 비명은 반복되는 수준에 지나지 않은, 이제는 희망보다 안도의 소리로 들릴 수밖에 없는 현실이라는 것을 받아들일 수밖에 없었습니다. 참 오래도 걸렸습니다. 현실을 인정하기 싫었나 봅니다. 여느 부모라도 그렇지 않았을까요? 그래도 저는 지은이가 감사합니다. 아직은 소리를 듣고 그에 반응해서 커다란 비명을 지를 수 있으니까요.

언제나 그렇듯 오늘도 지은이는 깜깜한 밤을 맞이할 준비를 합니다.

*

저는 저를 표현하는 방법을 모르겠습니다.

담배냄새에 찌든 아빠의 포옹도 싫고, 엄마가 입혀준 남자 옷도 싫습니다. 동생이 허락 없이 가져간 내 인형 때문에 화가 나지만, 저는 할 수 있는 게 아무것도 없습니다.

배가 고파도, 춥고 더워도, 목이 말라도, 화장실에 가고 싶어도 도저히 모르겠습니다.

몸살에 힘들어도, 발톱이 뒤집혀 피가 나도 어떻게 표현을 해야 할지 도통 모르겠습니다.

바보라는 말을 듣고 싶지 않았습니다.

힘껏 숨을 마시고 목에 힘을 주니 소리가 났습니다. 비록 다른 사람들처럼 다양한 소리를 내지는 못하지만 그때마다 엄마는 안아주기도 하고 아빠는 달래주기도 하면서 저와 놀아줍니다. 특히, 노래를 부를 때는 온 가족이 모여 즐거워했습니다. 그래서 밤이 새도록 노래를 불렀습니다. 낮에는 제 목소리가 세상에 묻혀 잘 들리지 않을 것 같았습니다. 그래서 더욱 힘차게 불렀습니다. 가끔 숨이 턱까지 차오르기도 하지만, 제 노래를 듣고 좋아하실 엄마 아빠를 생각하니 자꾸만 힘이 났습니다. 그렇게 노래가 끝나면 엄마는 항상 안아줬습니다. 토닥이며 안아주는 엄마가 참 좋았습니다. 지금은 그 품이 점점 작아져 가끔 슬퍼지기도 하지만…. 앞으로는 엄마가 지치지 않도록 더 열심히 부르겠습니다.

다녀올게요

"여보, 집 잘 보고 있어요. 열심히 돈 벌어 올 테니까."

"…."

벌써 6년째 남편은 소리 없는 미소로 대답하고 있습니다.

저희는 양복점을 했습니다. 지금은 그 수가 많이 줄었지만, 당시에는 한집 건너 한집이 양복점을 할 정도로 멋쟁이가 많던 시절이었습니다.

여성복은 화려하고 눈에 보이는 디자인이 많아 쉽게 관심을 끌 수 있지만, 반대로 그만큼 빠르게 유행을 탄다는 단점이 있습니다. 반면, 남성복의 경우 보기에 비슷한 색깔에 비슷한 디자인이지만 고집스럽게 입을 수 있다는 매력이 있습니다. 특히, 맞춤 정장의 경우 나이가 들고 체형이 변하면서 조금씩 수선을 거쳐야 하는 과정이 필요하지만, 그 수고 스러움에 비해 오랜 세월을 함께 해준 애착을 느낄 수 있다는 점에서 또 다른 장점이 있습니다. 쉽게 말해, 진짜 멋쟁이들이 입는 옷이 바로 남성 정장입니다.

하지만 세대가 변하고 유행이 빨라지면서 저희가 설 자리는 위태로워졌습니다. 그리고 다양한 치수와 수많은 디자인을 쉽게 뽑아내는 기성복 덕분에 결국 그 자리는 내줘야 했습니다. 비단 저희뿐 아니라 기존 가게들 역시 다른 길을 찾아야 했습니다.

배운 게 도둑질이라고 했던가요? 할 수 있는 거라곤 평생을 함께해온 바느질과 가위질뿐이었습니다. 저희는 양복점을 정리하고 아웃렛 매장 근처에 수선집을 차렸습니다. 30년 넘게 옷을 만들어온 사람의 실력은 소문을 내는 데 그리오랜 시간이 필요하지 않았습니다. 곧 알려지기 시작했고, 밀려드는 일감은 소문을 넘어 현실로 다가왔습니다. 둘은역할을 나눠 기계처럼 일했습니다. 저는 일감을 가져오거나 가져다주는 일부터 바쁠 때는 실밥을 뜯거나 시침하는 정도였고, 폼이나 단과 같이 바느질과 재봉을 필요로 하는 수선은 남편이 도맡아 했습니다.

심지어 점심을 거를 때도 잦았습니다. 실력과 약속은 비례한다는 남편의 철학이 확고했기 때문입니다. 일감이 밀려드는 겨울에는 점심을 포기할 정도였습니다. 덕분에 저희는 생각보다 빠르게 자리 잡을 수 있었습니다. 그렇게 딸 둘을 시집보내고 아들 한 녀석은 아직 대학에 다니고 있습니다.

그날은 일감이 많이 없어 먼저 들어가 저녁을 차리기로 했습니다. 남편은 다음 날 아침에 보낼 옷들을 마저 정리하고 뒤따라오기로 했고요. 하지만 남편은 몇 시간째 들어오지 않았습니다.

그때 전화벨 소리가 다급하게 울렸습니다.

"종호 엄마, 종호 아빠 쓰러졌어. 빨리 와! 빨리!"

저희 가게에서 멀지 않은 곳에 위치한 복권방 사장님이었습니다.

"가게에 불 켜져 있길래 담배 한 대 같이 피우자고 들여다봤거든. 안 보여서 다시 나가려고 했지. 그런데 돌아서기가 무섭게 종호 아빠가 눈에 들어오더라고. 축 늘어져서 입에 거품까지 물고…."

뇌출혈이었습니다. 워낙 넓은 부위에 출혈이 있어 생사를 장담할 수 없었습니다.

그리고 그 아슬하고 위태로운 삶은 6개월을 넘겨 조금씩 회복세를 보였습니다.

제가 일을 해야 남편의 병원비를 마련하고 생활을 할 수 있었습니다. 어쩔 수 없이 수선집은 문을 닫아야 했고, 저는 직장을 구해야 했습니다. 하지만 나이 50이 넘은 아줌마를 써주는 곳은 없었습니다.

"새벽 6시부터 오후 4시까지 일해야 하는 곳인데 괜찮겠어? 종호 아빠는 어떻게 하려고…?"

아는 분이 어렵게 소개해준 곳이었습니다. 당장은 할 수 있다고 말했지만, 10시간이 넘게 혼자 있어야 할 남편이 걱정됐습니다. 5년이 지난 지금도 왼손을 제외한 나머지 팔다리는 뜻대로 움직이지 않았기 때문입니다. 더구나 의사표현도 할 수 없습니다. 몇몇 낮은 수준의 대화는 수용 가능했지만, 그 이상은 고개를 돌려 받아들이지 않았습니다. 그리고 무엇보다 의지가 없었습니다. 살아야겠다는 어떤 의지조차 없이 혼자 우두커니 앉아 몇 시간이고 한 곳만 바라보았습니다. 그런 남편을 보고 있으면 너무 안쓰러웠습니다.

요양병원에 보내기로 했습니다. 매일 물리치료도 받고, 병원간호를 받으면 좋아질 거라고 생각했습니다. 저 역시 일을 해서 돈을 벌어야 했고, 남편에게도 새로운 자극이 필요했습니다.

어렵게 얻은 휴가를 다녀오기로 했습니다. 휴가라고 해봐야 남편을 보러 가는 것뿐이었지만, 여느 주말과 다른 기분에 유난히 들떴었던 것 같습니다. 그리고 병원에 도착해 병실에 들어섰습니다. 남편의 눈이 새빨갛게 부어있습니다. 얼마나 울었는지 베갯잇까지 흠뻑 젖어있었습니다.

요양병원은 한 명의 요양보호사가 여러 명의 환자를 돌봅니다. 한 분 한 분 식사를 챙겨드리고 나면 다시 또 대·소변을 책임져야 합니다. 움직이지 못하시는 분은 체위도 바꿔드리고, 움직이시는 분들은 휠체어라도 태워야 했습니다. 일일이 관심을 두기에는 손이 너무 부족했습니다.

그날 바로 모시고 왔습니다.

남편은 장애 1급의 중증 환자였습니다. 장애등급에 따른 요양보호 시간을 할애 받을 수 있는 조건이 되었지만, 그렇다고 원하는 시간만큼 보장받을 수 있는 건 아니었습니다. 한 달에 200시간도 되지 않은 시간이었지만, 달리 방법이 없었습니다. 그 시간도 감사했습니다.

저는 아침에 일찍 나갑니다. 남편이 왼손은 사용할 수 있기 때문에 뭐라도 집어먹으라고 쟁반 위에 과일이나 간식을 놓고 나갑니다. 점심 즈음 요양보호사 언니가 들러 기저귀를 비롯해 가사 일까지 도와줍니다. 그러면 제 퇴근 시간과 요양보호사 언니의 퇴근 시간이 얼추 비슷해 그날 남편에게 있었던 이야기까지 들을 수 있었습니다.

집에서 시간만 채우고 가는 것 같아서 미안하다고 말하던 언니였습니다. 다른 사람에게 집안일을 맡기는 걸 싫어하는 저를 두고 한 말이었습니다. 비록 일이라고는 하지만, 가족도 하기 힘든 간호를 해주는 언니가 고마웠습니다. 돌아올 수 없는 대답인 걸 알면서도 계속 말도 걸어주고, 심지어 주물러주는 모습을 보며 집안일까지 맡길 수는 없었습니다.

그런 언니에게 더 고마웠던 게 있습니다.

날씨가 좋은 날이면 일어서기도 힘든 남편을 휠체어에 태우고 산책을 하러 나갑니다. 하루 종일 답답한 방안에서 갇혀있을 남편을 생각해 힘들지만 어떻게든 태워서 바람이라도 쐬러 나갑니다.

핑계 같지만, 이른 퇴근을 하고 집에 오면 청소하느라 밥하느라 눈코 뜰 새 없이 시간이 지나갑니다. 잠시 여유를 찾을 겨를도 없이 잠자리도 봐줘야 합니다. 이런 저를 대신해 마음에 담은 짐을 자기 일처럼 돌봐주는 언니가 아주 고마웠습니다. 남편도 언니 앞에서만큼은 인상을 찌푸리지 않았습니다.

*

"종호 엄마가 종호 아빠한테 그렇게 잘해요. 아픈 남편 혼자 두고 일하러 가는 아내 마음은 어떻겠어요? 새벽같이 일어나서 밥 먹이고 약 먹이고…. 간식까지 다 챙겨놓고 나가요. 자기는 아침도 먹지 못하고.

성만 씨가 가끔 출근해야 하는 종호 엄마 붙잡고 화를 내요. 그러면 아무리 바빠도 옆에 가서 그렇게 애교를 부려요. 열심히 돈 벌어 올 테니까 자기 생각하면서 집 잘 지키고 있으라고…. 제가 보기에도 참 예쁘게 애교를 부려요.

힘들지만 이렇게 예쁘게 사는 사람들한테 어떻게 제가 할 일만 하고 나오겠어요? 뭐라도 도움이 되어야지. 얼마나 안쓰러워요? 남한테 해 끼치고 사는 사람들도 아니고…. 더구나 종호 엄마가 부지런해서 제가 할 수 있는 일이 없어요. 성만 씨 데리고 산책하는 거 빼고는…."

어부바

　딸만 다섯. 저희 집은 항상 시끄러웠습니다. 좋은 날도 그렇지 않은 날에도 모이기만 하면 시끄러웠습니다. 엄마까지 총 여섯 명의 여자가 있으니 상상하지 않아도 충분히 그 모습이 그려질 것입니다. 큰언니와 둘째 언니는 두 살 터울이고, 제가 세 살 터울, 첫째 동생이 두 살, 막내가 저랑 세 살 터울입니다. 그렇게 엄마는 거의 10년 동안 임신과 출산을 반복해 왔습니다. 아무리 시골이라지만 지금 세대가 어느 세대인데 자식만 다섯이란 말인가요. 친구들은 많아야 세 명 정도의 형제·자매를 가지고 있었고, 두 명씩인 친구들이 대부분이었는데 말입니다. 우스갯소리로 부모님의 금슬이 좋아서 아이를 많이 낳는다고 하지만 딱히 그런 것도 아니었습니다.

아빠는 말씀이 거의 없으셨습니다. 동네 친구분들하고 막걸리 드실 때만 종종 목소리가 커지실 뿐 집안에서 화를 내실 때에도 큰 소리를 내지 않으셨습니다. 그에 비해 저희 다섯 자매들은 이런저런 이유로 싸우느라 서로의 목소리를 경쟁했고, 급기야 엄마한테 대드는 목소리도 커져 갔습니다. 대드는 건 순서도 없고 위아래도 없었습니다. 그날 컨디션이 가장 좋은 딸이 가장 공격적이었지만 엄마는 지지 않았습니다. 마을에서 부녀회장과 당 여성위원을 나서서 하실 만큼 똑 부러진 여성이었고, 딸 다섯을 상대로 어떤 주제와 상황을 막론하더라도 꿋꿋하게 모두 이겨낼 만큼 단단한 여자였기 때문입니다. 마을 사람 어느 누구도 엄마를 상대로 쉽게 큰소리를 내지 못 했을뿐더러, 그렇다고 사리에 어긋나는 일을 하지 않는 엄마였기에 시끄러운 일이 자주 발생하지 않았습니다. 다만, 엄마를 모르는 외지인들이 엄마한테 혼나는 경우가 많았을 뿐입니다.

저희 집은 사과 농사를 지었습니다. 고도가 높아 사과가 지역 특산물로 자리매김한 지 오래되었고, 벼농사보다는 그나마 사과 농사가 나았습니다. 고추나 콩, 깨 같은 밭작물들로는 일 년 수익을 내기 어려웠습니다. 그래도 사과만큼은 지역 특산물로 꼽혀 내놓기 무섭게 팔려나갔습니다. 그렇다고 아예 밭농사를 하지 않은 것도 아니었습니다. 대식구가 먹을 반찬거리를 구하기에는 시장보다는 텃밭이 필요했고, 그 텃밭은 첫째부터 셋째 딸까지의 손길이 필요했습니다. 넷째와 막내는 흙장난이나 작은 풀 뽑기 정도의 역할에 지나지 않았을 뿐이고요. 엄마가 농협에서 가져온 각종 모종을 줄 맞춰 심어놓으면 하루가 다르게 자랐습니다. 상추, 파, 오이, 토마토 등 그 자그마하던 새싹들이 열매를 맺고 수확 시기가 되는 것을 보면 참 행복했습니다. 그리고 그 자리에서 바로 수확해 된장 하나만으로 완성했던 한 끼는 지금 여느 식사와 견주어도 될 만큼 훌륭한 한 끼로 기억되고 있습니다. 그리고 엄마가 아프고 난 뒤로 그 맛은 더욱 그리워졌습니다.

엄마는 갑자기 다리가 저리다며 근처 병원에서 치료를 받고 싶다고 했지만 딸 전부의 의견이 달라 대학병원으로 갔습니다. 당시에는 다리만 저리다고 할 뿐 통증이나 별다른 증상은 보이지 않았지만 전혀 예상치 못한 수술 동의서를 받게 되었습니다. 엄마는 당신의 허리가 악화되고 있음에도 스스로 억누르고 계셨던 것입니다. 저도 엄마가 되면서 느끼는 걸 엄마는 더 오래 참고 계셨겠지요. 아프지만 병원에 가면 더 큰 병이라고 할까 봐 무서웠고, 그래서 그 자리를 더 오래 비우게 될까 봐 두려워하지는 않으셨을까요? 엄마는 마을의 부녀회장이고 당찬 여성위원이자 다섯 자매의 씩씩한 엄마였습니다. 엄마는 그럴 수밖에 없었을 것입니다.

이제 엄마는 휠체어 생활을 하십니다. 휠체어 생활을 하시는 분들은 이동이나 생활의 불편함도 있지만 가장 곤혹스러운 게 대소변 처리 과정입니다. 척수 신경 가장 아랫부분에 대소변 담당 신경이 있기 때문에 그 위쪽을 다치게 되면 자연스럽게 따라오는 합병증입니다. 엄마는 여자고 바깥 생활도 열심히 하셨던 분입니다. 그런 분이 휠체어를 타는 것도 그렇지만, 대소변에 문제가 생긴 채 사람들을 만나야만 한다는 게 쉬운 일은 아니었겠지요. 엄마에게는 그렇게 보이는 것도 그렇게 보일까 봐서라도 조금씩 거리를 둬야 했습니다. 딸들이 사는 아파트 옆 동으로 이사를 했습니다. 팔리지 않는 시골집은 그대로 놔둔 채. 병원도 다녀야 했고, 딸들의 관심과 걱정도 필요했기 때문입니다.

다섯 딸들은 모두 시집을 갔습니다. 말이 없던 아빠는 더 말이 없어지셨고 이제 엄마는 주로 집에 계십니다. 모든 게 바뀌었습니다. 텃밭이 있던 시골집과 달리 아파트에서는 시간에 버무릴 일거리가 없었고, 거기서 얻는 수확의 기쁨도 상상할 수 없었습니다. 전부 사 먹어야 했고 뭐가 더 싱싱한지, 어디가 더 저렴한지 비교하고 찾아다녀야 했습니다. 불편하지만 그렇게라도 해야 했습니다. 그래도 유일하게 변하지 않은 건 엄마의 성격이었습니다. 시집간 딸들과 사위들 그리고 사이좋게 두 명씩 낳은 손자 손녀들을 합하면 총 이십 명이 넘습니다. 제가 어렸을 때보다 더 시끄러워진 집에서 더 큰 소리로 자리를 정리하는 엄마는 역시 변하지 않았습니다. 김장철에는 딸 다섯과 첫째, 둘째 언니의 조카들까지 지휘하면서 직접 김장을 하시고, 제사나 명절에도 손수 모은 음식을 장만하십니다. 많은 식구가 모이는 것도 번거롭고 좁아서 제발 나가서 해결하자고 해도 한사코 반대를 하십니다. 모두가 불편한데도 말입니다. 좁은 주방을 휠체어로 다니며 참견하고 잘한 것보다 못한 걸 찾는 듯 소리 지르는 엄마를 바라보는 딸들과 사위들, 그리고 조카들은 그 자리가 많이 불편합니다.

*

엄마랑 친한 담당 치료사 선생님한테서 들을 수 있었습니다. 첫째 언니와 둘째 언니 조카들까지는 업어주기도 하고 여기저기 데리고 다니면서 예뻐해 줬지만 우리 아이들부터 막내 조카들까지는 그렇지 못하셨다고 아쉬워하고 미안해하셨다고 합니다. 그래서 먹는 것만큼은 모두에게 해줄 수 있을 때 힘닿는 데까지 해주고 싶다고 하셨답니다. 매번 통증으로 다리가 붓고 잠도 제대로 주무시지 못하지만, 자신의 손자 손녀들에게 주지 못한 자신의 못다 한 사랑이 안타까웠다며 눈물을 보이셨다고 했습니다. 그래서 선생님이 물어보셨다고 했습니다. 왜 업어주고 예뻐해 주지 못 하셨냐고. 엄마는 한참을 망설이시다 말씀하셨다고 합니다.

"휠체어를 타면서부터는 업어줄 수가 없었어요. 안아주면 아이가 불편해서."라면서요.

저는 다시 엄마를 보았습니다. 휠체어에 앉아있는 엄마가 엄마다워 참 다행이라는 생각을 했습니다. 또다시 식구들을 불편하게 만들게 분명하지만 말입니다.

아파트 괴성

"쾅쾅쾅!"

현관문을 두드리는 소리가 시끄럽습니다. 초인종이 있는데 굳이 현관문을 두드린다는 건 상대가 그만큼 화가 나 있다는 것을 의미하는 것이겠지요. 하지만 이해합니다. 그렇게 두드려도 제가 먼저 용서를 구해야 하니까요. 오죽했으면 찾아와 문을 두드렸을까요? 이제는 익숙해졌습니다. 저도 그렇고 상대도 그럴 테지요. 아니나 다를까 아랫집 아저씨입니다. 화가 난 것 같지만 표정은 난처해 보입니다. "사모님, 이게 도대체 몇 번째입니까? 도저히 잠을 잘 수가 없어요. 저도 이해하고 또 이해하려고 합니다. 우리 식구들 모두가 이해하려고 하고 있어요. 애들부터가 그래요. 아프신 분이니까 우리가 이해해야 한다고. 하지만 저희의 이해만 가지고 해결될 수 있는 게 아니잖아요." "죄송합니다." "언젠가는 해결되겠지만…, 그걸 기다린다는 게 저희 입장에서는 죄를 짓고 있는 것 같아요." "죄송합니다."

초기에는 많이 싸웠습니다. 못 버티겠으면 이사 가라고도 해봤고 젊은 사람이 아픈 사람한테 할 짓이냐고도 해봤습니다. 못 본 척 엘리베이터를 그냥 보내기도 했습니다. 하지만 모든 원인이 저희에게 있는데 언제까지 그럴 수만은 없었습니다. 그래도 아랫집은 이렇게 와서 얼굴이라도 보면서 미안하다고 사과라도 할 수 있지만, 옆집이나 윗집 사람들은 봐서는 안 될 짐승 보듯 흘겨보며 자리를 피합니다. 심지어 옮기는 병을 가진 사람 바라보듯 말이죠. 그럴 때는 가슴 깊은 곳에서 올라오는 통증을 가라앉히기 위해 한참을 주저앉아 있어야만 합니다. 수면제를 먹여도 봤습니다. 조용히 재울 수 있는 방법이라고는 그것밖에 없었으니까요. 하지만 그 양을 가늠하기 어려웠고, 깰지 안 깰지 모르는 두려움이 더욱 힘들게 했습니다. 남편은 이미 전두엽 부분의 뇌 손상으로 많은 약을 복용하고 있었기 때문입니다. 그이가 깰 때까지 저는 꼬박 밤을 새워야만 했습니다. 아니, 제가 힘든 것보다 그이에게 반복되는 수면제가 혹시나 좋지 않은 영향을 미칠까 그게 두려웠던 것입니다. 그래서 더 이상 하지 못했습니다.

벌써 15년이 되어갑니다. 실제로 이사 간 집만 해도 세 집입니다. 아랫집만 세 집이네요. 밤낮을 가리지 않고 소리를 지르는 남편 때문에 많은 사람들이 피해를 보고 있습니다. 혹시나 해서 따뜻하게 목욕도 시켜보고 우유도 먹여보았습니다. 먹지 않습니다. 암막 커튼도 사서 달아보고 어떤 소음도 나지 않도록 조용히 만들어보기도 했습니다. 답답하다고 소리 지릅니다. 온갖 욕설과 소리를 지르다 지쳐 잠이 들면 잠시 조용해지지만, 잠자리가 불편해지면 다시 깨서 소리를 지릅니다. 소리를 지르는 이유는 다양합니다. 배고프다. 아프다. 하지 마라, 안 한다, 나가라 등등.

그이는 몸도 불편해 휠체어가 다니기 쉬운 곳에 살아야 합니다. 그리고 병원도 가까워야 하고 혹시 모를 상황에 구급차가 도착하기 쉬운 곳에 살아야 합니다. 그렇게 찾다 보니 아파트밖에 없었습니다. 주택은 이런저런 개조를 한다면 휠체어 생활이 가능하다고 하지만, 남편과 둘이 사는 상황에서 사소한 도움을 청하기에는 너무 외딴섬 같았습니다. 병원이나 소방서의 도움을 쉽게 받을 수 있는데 뭐가 어렵냐라고 물을 수도 있습니다. 하지만 사람의 온기나 관계없이 노인 둘이 사는 게 너무 무서웠습니다. 차라리 눈치 보고 혼나더라도 같이 사는 게 낫다고 생각했습니다. 소리를 지르는 게 오히려 살아있음을 알리는 신호라고 여겨달라고, 제발 그렇게라도 생각해 달라고 기도도 해봤습니다. 이게 이기적인 판단이라고 한다면 인정하겠습니다.

아들은 벌써 분가해서 살고 있습니다. 같은 도시에 살면서도 얼굴 본 지 오래됐네요. 옛말에 열 자식보다 악처가 낫다고 했습니다. 맞는 말인 것 같습니다. 요즘은 오히려 남보다 자식이 더한 것 같습니다. 그 녀석은 올 때마다 요양원에 보내자고 성화를 부립니다. 저는 그럴 때마다 가슴이 찢어지고요. 지금 그이의 몸이 불편해진 이유가 바로 요양원 때문입니다. 당시에는 요양원이 그렇게 많지도 않았고, 지금처럼 운영하는 방식도 아니었습니다. 요양이 아닌 수용만 하는, 딱 그 수준이었습니다. 의사도 한 달에 한 번 방문해서 훑어보고만 가는 방식이었으니까요. 거기서 그이의 골반이 부러졌습니다. 요양원에서는 침대에서 떨어져서 그렇다고 하는데, 침대에서 떨어져서 부러지기에는 애매한 구석이 너무 많았습니다. 그래도 제가 아쉬운 사람이었습니다. 아이들 키우려면 돈을 벌어야 했고 어쩔 수 없이 누군가의 손을 빌려야 했습니다. 수술을 끝내고 다시 요양원에 갔습니다. 너무

욕을 많이 하고 다른 사람들에게 피해를 준다며 못 받아 준다고 하더군요. 그게 과연 사실이었을까요? 아니면 뭔가 들통나는 게 두려워서였을까요? 그렇게 머리도, 몸도 아픈 사람을 집으로 데리고 왔습니다. 아들은 자신이 잘 아는 요양원이 있다며 더 고생하지 말고 보내자고 합니다. 한 달에 한 번씩 꼭 들여다보고 명절이나 생신 때도 빠짐없이 찾아뵙겠다고 설득합니다. 전부 저를 위해서라더군요. 저는 보이스피싱에도 속지 않습니다.

아무리 관리를 잘해도 시간이 지날수록 합병증의 위험이 높아집니다. 팔과 다리를 마음대로 움직이지 못해 관절 구축이 생기고 그렇게 근위축이 시작됩니다. 그리고 눈에 보이지 않는 질환들도 하나둘씩 생기고, 기관지 문제부터 욕창, 변비, 혈압, 신장 질환 등 많은 질환들이 순서를 기다리고 있습니다. 이틀 전에도 관장 때문에 한바탕 곤욕을 치렀습니다. 먹는 양도 적을뿐더러 먹는 횟수도 적어 음식물이 오랫동안 장 속에 남아 배변을 못하고 있었습니다. 일주일이 넘도록 변을 보지 못해 할 수 없이 관장을 하는데 그만 화가 났던지 이불이며 벽이며 온 천지를 손으로 휘저으며 변을 칠했습니다. 말 그대로 똥칠을 한 것이지요. 그래도 그 상황을 알고 있는 사람은 저뿐입니다. 정리하고 달래야 할 사람도 저뿐인 것이고요. 누가 누구한테 말을 해야 이해를 할까요?

그래서 병원에 갑니다. 일주일에 두 번뿐이지만 그래도 빠지지 않고 갑니다. 15년이 다 되어 가는 환자가 재활치료받는다고 나을 수 있을까? 아닙니다. 저는 알고 있습니다. 그렇다고 머리가 좋아질까요? 아닙니다. 그 상황을 이해하고 받아주는 치료사 선생님들이 있을 뿐입니다. 저는 오랫동안 봐온 같은 보호자들이 있어서 가는 것입니다. 일주일 동안 무사히 잘 있었는지 서로 안부를 묻고 당사자가 아니면 이해하지 못할 많은 이야기들을 꺼냄으로써 풀어지는 스트레스를 덜어보고자 가는 것입니다. 아파보니 알겠더라고요. 자식도 필요 없고, 아무리 뛰어난 의사도 필요 없습니다. 이웃도 마찬가지이고요. 그저 같은 상황에 놓인 환자 보호자들만이 내 편이었습니다.

안 부

    내일이 딸의 생일입니다. 미역국도 끓일 겸 몇 가지 고기 반찬이라도 만들어주려고 정육점을 찾았습니다. 아빠의 거래처 사장님 부부 두 분이서 30년째 운영하고 계신 가게로, 집에서는 조금 먼 거리지만, 고기가 필요할 때는 항상 사장님 가게를 찾습니다. 그만큼 서로의 사정을 속속들이 알고 있는 사이였습니다.

    오늘은 사모님이 매장에 나와계셨습니다. "어서 와. 예은이 미역국 먹으려고 왔구먼? 예은이 생일이 요때쯤일 거야. 추석 지나고….""안녕하세요, 사모님. 맞아요. 예은이 생일 때문에 왔어요. 잘 지내고 계시죠?""그럼, 나야 예은이 엄마보다는 잘 지내고 있으니까 그런 걱정은 말아." 그냥 하시는 말씀이 아니었습니다. "승규는 학교 잘 다니고 있어요?" "어, 이제 막 입학해서 대학생 흉내 낸다고 잔뜩 기대하더니 이제는 애가 얼굴이 반쪽이 됐어. 고등학생 때보다 더 공부할 게 많은가 봐." 고기를 썰다 말고 장갑을 벗으시고는 "커피라도 한 잔 줄까?" "아니에요. 괜찮아요." 손사래를 쳤지만, 손에는 이미 종이컵이 들려 있었습니다. "우리나라 최고 대학에 들어갔는데 거기서 더 똑똑한 애들하고 경쟁하려면 얼마나 힘들겠어요." "그렇겠지. 전국에서 모인 애들 안에서 살아남으려면… 자! 받아." 뜨거운 커피를 건네주시는 손에서 느껴지듯 사모님은 조심스럽게 다시 말을 꺼내셨습니다. "예은이는 괜찮아? 다른 아픈 데는 없고?" "다행히 다른 곳은 아픈 곳은 없어요." "그래, 더 이상 아프지 말아야지. 그래야 아빠랑 자네도 한숨 놓지." 항상 이랬습니다. 사장님과 사모님은 예은이를 먼저 걱정하셨고, 저와 저희 가족까지 걱정하셨습니다.

저희 딸은 사고로 경추를 다쳤습니다. 상체는 팔꿈치까지는 스스로 사용했지만, 손가락은 섬세한 움직임에 제한이 많았습니다. 그리고 몸통의 일부와 다리는 힘을 잃었고요. 사고 후 병원 응급실에 부모님과 함께 오신 분이 사장님과 사모님이셨습니다. 운전 위험하다고 사장님이 직접 병원에 부모님을 모시고 온 것이었습니다. 그때부터, 아니 그 훨씬 전부터 사장님 부부는 그랬습니다. 먼저 챙겨주시고 먼저 알아봐 주셨습니다. "예은이 고기 좋아하지? 이거 줄 테니까 가서 구워 먹여. 오늘 손질한 거라 싱싱한 거야. 회로 만들어 먹여도 돼" 사모님은 일회용 봉투에 고기를 담아주셨습니다. 그렇게 저울을 넘어오는 봉투는 항상 무거웠습니다.

승규는 동네 자랑이었습니다. 초등학교 시절부터 남다르더니 중고등학교 때 더욱 빛을 발했습니다. 학교에서 뿐만이 아니라 전국 등수를 다투는 수재가 되더니, 결국 서울에서 가장 똑똑한 사람들만 다닌다는 대학교에 들어가게 되었습니다. 당연히 동네에서는 플래카드가 걸렸고, 승규 부모님은 그날 고기 잔치를 벌이셨습니다. 아빠도 마음껏 축하하시며 승규에게 전하라는 봉투를 드렸지만 한사코 마다하셔서 겨우 놓고 나오셨다고 합니다.

승규는 한 학기를 다니다 휴학을 했습니다. 교회 수련회에서 물놀이를 하다 목을 다쳤고, 그 뒤로 수술과 오랜 재활이 필요했기 때문입니다. 예은이처럼 경추가 손상되었지만, 승규의 손은 자유로운 사용이 가능했습니다. 그래서 재활이 빨랐던 것 같습니다. 다시 복학한 승규는 전보다 더 많은 공부를 했습니다. 그 방향과 목적이 달라졌을 뿐 공부의 양은 바뀌지 않았습니다. 취업이라는 목적이 생긴 것이었습니다. 지금은 공공기관이나 공기업의 사무직을 목표로 시험을 준비하고 있다고 합니다. 승규는 머리가 좋은 아이였습니다. 그래서 다친 뒤로 자신의 미래에 대한 빠른 판단을 한 것입니다.

현재 공공기관이나 지자체의 장애인 법적 의무 고용률은 3%를 조금 넘습니다. 그 이상의 일자리를 제공할 경우 나라에서 고용 장려금까지 지급하지만 이를 지키는 사업장은 그리 많지 않습니다. 일부 개인 사업장이나 회사가 아니더라도 중앙부처나 지자체에도 장애인 근로자가 없는 곳이 있을 정도니까요. 쉽게 말해, 장애인 고용에 따른 불편보다 벌금을 내는 게 더 낫다는 이야기입니다.

한국 장애인고용촉진 공단이라는 공공기관이 있습니다. 전에 다니던 병원 선생님도 물리치료사를 그만두고 입사하신 걸로 기억하는데요. 각 기업에 장애인을 취업시키는 역할을 하고 장애인 고용률 위반 여부를 조사하는 역할을 하는 곳이라고 합니다. 그리고 기업에 맞는 장애인을 소개하기도 하고요. 하지만 이렇게 해도 지키지 않는 기업이 많다고 합니다.

가끔 미디어에서 몸이 불편한 분들의 성공 이야기를 방송

합니다. 오롯이 자신의 능력만으로 사회적 편견과 불합리함을 이겨낸 분들의 후일담을 적절하게 편집하는 것인데요. 몸이 아픈 사람도 성공하는데 사지 멀쩡한 너희들은 왜 노력하지 않느냐, 지금 너희들이 요구하는 걸 갖지 못하는 이유는 바로 너희 자신 때문이라는 훈계도 들어있으니 잘 살펴보시길 바랍니다.

예은이가 다니는 병원에도 가끔 장애인 직원들이 보입니다. 주로 빨래 더미를 옮기거나 문서 심부름과 같은 단순한 일을 하는데요. 그것도 두 다리가 멀쩡하고 인지가 어느 수준 이상이 되어야 한다고 합니다. 그래서인지 휠체어를 탄 분들은 한 분도 보지 못했습니다. 휠체어를 탄 장애인을 고용할 경우 바꿔야 할 환경적 요소가 많아지기 때문이었습니다. 화장실부터 식당, 탈의실, 에스컬레이터, 주차장까지 고치고 바꿔야 할 편의시설이 너무 많아지게 되는 것이죠. 장애인 한 사람을 고용하기 위해서 어떤 기업이 이 모든 걸 감수할까요? 심지어 병원에서조차 볼 수 없는 장애인들인데요.

예은이도 곧 어른이 됩니다. 일찍이 대학교는 다니지 않기로 했습니다. 그리고 취업도 포기했습니다. 그냥 곁에서 아프지 않고 하고 싶은 일 다 할 수는 없지만, 최대한 할 수 있도록 기회를 주기로 한 것입니다. 화장도 잘하고 주민 회의 안내장도 곧잘 만듭니다. 그림 그릴 때는 행복에 갇혀 빠져나오려 하지 않습니다. 그 모습이 대견했던지 결국 친정 아빠도 붓을 드셨습니다. 일흔 중반이 넘은 나이에 손녀와 함께 그림을 그리기로 하신 것이지요. 비록 숫자에 맞춰 색을 칠하는 그림이지만 곧잘 그리십니다. 조그맣고 복잡한 단계는 한 색으로 칠해버리시기도 하지만 그 걸 지적하는 손녀와 함께 행복해하시는 모습을 보면서 아프지 않은 사람들과 섞여 치이고 눈치받으며 직장 생활하는 것보다는 잘한 선택이라고 생각했습니다. 그래도 승규는 머리가 좋아 얼마 되지 않은 비율의 자리이지만 반드시 꿰찰 것입니다. 아니 만들어서라도 당당히 그 경쟁자들을 이길 것입니다. 그렇게 해서라도 하나씩 하나씩 자리를 만들다 보면 뭐라도 조금씩 변화가 생기지 않을까요?

장애인에 대한 특혜라고 생각하는 사람들이 있습니다. 더구나 역차별이라는 말까지 하는 사람이 있더군요. 만일 예은이가 당신이라면 저는 그렇게 말하지 않을 것입니다.

세상을 연주하는 아이

"절대 안 돼. 죽어도 가지고 갈 거야. 버리고 가기만 해봐.
피아노는 내 추억이고 내 전부란 말이야."

너무도 간절하게 말하는 딸아이의 부탁을 차마 거절하지
못하고 이삿짐 목록에 넣기로 했습니다.

저희 딸은 각종 시·도 대회에서 1, 2등을 다툴 정도로 꽤
실력 있는 피아니스트 유망주였습니다. 학원이나 집에서 혹
독하다 할 정도로 많은 연습과 훈련을 시킨 결과이기도 했
지만, 무엇보다 아이 스스로의 노력이 가장 컸습니다. 대회
를 앞둔 수험생마냥 매일같이 연주에 몰두했습니다. 혹여나
연주가 마음에 들지 않을 경우에는 원장님에게 전화해 스스
로를 평가받기도 했습니다. 그 시간이 한밤 중이도 상관없

었습니다.

하지만 그렇게 피아노를 좋아하던 아이는 단 한 번의 교통 사고로 모든 것을 잃어야 했습니다. 세상 전부였던 아이의 희망과 꿈이 그렇게 허무하게 물거품이 되고야 말았습니다.

학원을 마치고 집으로 돌아오는 길이었습니다. 정지선을 무시하고 횡단보도를 넘어온 화물차에 부딪히고 만 것입니다.

잘 아시겠지만, 사람은 척수 손상수준에 따라 그 기능의 역할과 범위가 달라집니다. 특히, 경추와 흉추의 손상수준에 따라 손을 사용할 수 있는 범위와 힘이 제한되는데, 불행하게도 딸 아이는 경추 아랫부분을 다쳐 손목을 구부리고 펴는 기능 이외에는 손을 사용하기 힘들었습니다. 더구나 일상생활을 하는 데 있어 매우 중요한 역할을 할뿐더러 혼자 독립적인 생활이 가능한지를 판단하는 중요한 기준이될 수 있는 열 손가락은 지금도 힘없이 펴진 채 아이의 무릎 위에 가지런히 놓여있습니다.

이제 아이에게 피아노는 더 이상 목적이 아닌 추억의 대상일 뿐입니다.

저희 부부는 그 피아노를 볼 때마다 말로 표현할 수 없는 복잡하고 쓰린 감정을 느낍니다. 그래서 없애버리려고 했습니다. 아이에게 화도 내보고 독한 말도 해봤습니다. 듣지 않앗습니다. 달래도 보았습니다. 방이 좁다, 누가 필요하다라고 이런저런 온갖 핑계도 대봤습니다. 하지만 그 어떤 말도 아이를 설득할 수 없었습니다. 이제 마지막으로 이사를 핑계 대보기로 했습니다. 이사 갈 집은 방이 작아 피아노를 놓을 수 없다고 했습니다. 게다가 문이 작아 들어갈 수 없다고도 해봤습니다. 하지만 이번에도 통하지 않았습니다. 오히려 집착에 가까울 정도로 무서운 애착을 보이는 아이에게서 저희는 부모의 죄책감을 덜어야 했습니다.

"딸⋯. 언제까지 집에만 있을 거야? 이제는 밖에 나가서 바람도 쐬고 친구들도 만나고 맛있는 것도 먹으러 다녀야지."

조심스레 묻는 제 물음에 아이는 단호하게 거절을 표현합니다.

"안 돼. 친구들한테는 걸어 다닌다고 했단 말이야. 들키면 내가 거짓말쟁이가 되는 거잖아."

아이는 외출을 하거나 병원에 가야 할 경우에 지하주차장에서 차를 탑니다. 어떤 일이 있어도 지상 주차장에서는 차를 타려 하지 않습니다. 친구들이나 혹은 자기를 아는 누군가의 눈에 띌 수 있다고 생각하기 때문입니다. 동네 근처는 아무리 꾀어도 나가지 않고 차라리 혼자 있겠다고 선언해버립니다. 그래서 저희는 머리를 자르거나 안경을 맞출 때도 전주나 광주 같은 집과 먼 도시로 외출을 해야 합니다. 감기에 걸려도 이가 아파도 절대 근처 병원은 가려 하지 않습니다.

딸아이는 본인 스스로가 어릴 적부터 지역 내에서 꽤 이름 있는 아이였다고 생각했던 것 같습니다. 그도 그럴 것이 각종 대회에서 휩쓸다시피 입상했던 아이의 연주 실력과 예쁘장한 외모는 많은 사람들의 부러움을 사기에 충분했습니다. 그렇게 자신을 동경했던 사람들이 이제는 자신의 처지를 두고 여러 말들을 만들어내고 있다고 아이는 생각했습니다. 그래서인지 많이 두려워했습니다. 자주 보는 사람들에게도 자신의 기분을 들키지 않으려 했고, 그 어떤 것으로도 오해받기 싫어했습니다. 그렇게 스스로를 감춰가고 있었습니다. 그래서 이사를 결심하게 된 것입니다. 언제까지 집안에만 갇혀있을 수는 없었기 때문입니다. 학교도 가지 않고 검정고시만 준비하는 아이가 혹시나 사회성이 부족해질까봐 저희는 시간이 갈수록 걱정이 커졌습니다.

아이에게는 마음 편히 지낼 수 있는 자유가 필요했습니다.

이사를 오고 나서는 아이가 많이 밝아졌습니다. 근처 번화가도 자주 나가고, 마트나 백화점 같은, 사람이 많은 곳도 마다치 않았습니다. 외식도 먼저 하자고 조르기도 하고, 마음에 드는 화장품을 사기 위해서는 시내의 모든 마트를 돌아다니기도 했습니다. 하지만 안타깝게도 아이는 얼마 가지 못하고 다시 집안에 갇혀버렸습니다.

보이는 그대로를 말하는 어린아이들이 많은 아파트에서는 딸아이가 눈에 띌 수밖에 없었습니다. 휠체어를 뚫어지라 쳐다보기도 하고 졸졸 따라오기도 합니다. "장애인이다."를 계속해서 외치는 어린아이들을 향해 화를 낼 수도 없었습니다. 딸아이는 다시 스스로를 닫아버렸습니다. 불가피하게 외출을 해야 할 때는 엘리베이터에 아무도 없는지를 확인하고 나서야 탑승합니다. 만일 엘리베이터가 우리 집을 지나쳐 위층에서 멈출 경우 타지 않고 기다렸다가 다시 올라온 후에야 탑승합니다. 1층에서 누가 타려 할 때도 어린아이가 있을 경우에는 양보하고 다시 내려올 때까지 기다립니다.

도저히 방법을 찾을 수 없는 저희 부부는 다시 깊은 고민에 빠졌습니다. 아이가 불편한 몸에 마음마저 다칠까 봐 전전긍긍할 수밖에 없었습니다. 다시 이사를 하기로 했습니다. 이번에는 주변 환경까지 고려해 신중한 선택이 필요했습니다.

아이의 휠체어가 편하게 이동하려면 아파트여야만 합니다. 더구나 비 오는 날을 고려해 엘리베이터가 지하주차장으로 연결되어야 한다는 가장 큰 조건이 갖춰져야 했습니다. 이에 반해 주택은 아이에게 맞게 개조를 할 수 있는 장점이 있었지만, 방법에 대한 두려움과 부지런함을 갖추지 못한 저희에게 그리 좋은 조건은 아니었습니다.

두 달을 헤맨 끝에 18가구의 적은 세대수를 가진 빌라를 선택했습니다. 비록 저희 경제사정과 비교하면 대형 평수이기는 했지만, 낮은 층수와 더불어 엘리베이터가 있다는 점이 마음을 끌었습니다. 비록 산기슭에 위치한 불편한 입지 조건 때문에 어린아이들을 키우기에는 마땅치 못한 장소일 수 있었지만, 오히려 저희에게는 다른 이유보다 우선할 수밖에 없는 최적의 조건일 수가 있었던 것입니다. 어르신들의 생활 패턴에 맞게 설계된 곳이라 답답함이 없지 않았지만, 집 뒤편의 작은 공원과 산 아래 경관을 위안 삼아 완전한 보금자리로 만들어가기로 했습니다.

벌써 3년이 지났습니다. 아이는 더 이상 투정을 부리거나 어리광을 부리는 모습을 보이지 않았습니다. 빌라 내에서는 할아버지, 할머니들에게 인사성 바른, 착하고 예쁜 아이로 소문이 나기도 했고, 성당에서는 같은 또래의 아이들과 사회적 관계를 맺어나가며 점점 성숙해져 갔습니다. 어린 또래의 친구들이 아닌, 다양한 관계의 사람들을 만나며 조금씩 스스로를 키워나가고 있습니다. 더구나 학업의 목적이 생긴 뒤로 저희 부부의 관심보다는 혼자 있는 시간을 원하기도 했습니다.

어리광을 부리던 아이가 이제는 스스로 힘들게 성장하고 있습니다. 한편으로는 대견하기도 하고 고맙기도 했지만, 항상 그래 왔듯 안쓰러움과 미안한 마음을 대신할 수는 없습니다. 한때는 먼 훗날을 대비해 냉정해져야 한다고 생각했습니다. 아이가 혼자 세상을 살아가는 데 빨리 익숙해져야 한다고 생각했기 때문입니다. 하지만 혼자 앉아있지도 못하는 아이를 바라보고 있으면 그 불안함과 조바심에 인내심이 끼어들 틈이 없었습니다. 저희는 부모였으니까요. 어떻게 아픈 자식 앞에 차가운 가슴을 먼저 내보일 수 있을까요? 저희는 식사나 양치질 등 아이 자신만의 방법으로 일상에 적응해나가는 모습을 보면서 그 희망을 조금씩 키워가고 있습니다. 아직 많은 사람들의 호기심 어린 시선과 세상의 벽 앞에 홀로 서 있을 딸아이를 생각하면 불안하기는 하지만, 딸아이는 이겨 낼 것이라 믿습니다. 피아노를 연주할 때처럼 하나에 매진하면 끝장을 보는 아이라는 것을 잘 알고 있기 때문입니다. 저희 부부 또한 대신 아파해 하지도, 미리 걱정하지 않기로 했습니다.

아이가 혼자 할 수 있도록 바라보고 지켜보겠습니다. 조급해하지 않고 감정에 흔들리지 않는 부모가 되어 보도록 노력하겠습니다.

예쁜 드레스와 하얀 구두를 신고 많은 사람들 앞에서 실력을 자랑하던 아이가 이제는 휠체어에 앉아 시선을 받는 아이가 되었습니다.

그 아이가 이제 스스로 세상 밖으로 나오려 하고 있습니다. 아무리 끄집어내도 꿈적도 하지 않던 아이가 세상에 맞선 도전을 준비하고 있습니다. 불안하기도 할 것이고 무섭기도 할 것입니다. 불편하고 어렵기도 할 것입니다. 그래도 아이는 맞서 이겨낼 것입니다.

저희 부부도 더 이상 나약한 모습을 보이지 않겠습니다.

"우리 윤아가 세상을 연주하는 따뜻한 아이로 성장하길 바란다."

– 엄마, 아빠가

제3부

치료사 시선

나이 많은 남편

누가 봐도 외국인입니다. 흔히 볼 수 있는 얼굴이지만 어느 나라 사람인지는 정확히 말하지 못할 것 같습니다. 피부가 흰색이면 백인이고 까만색이면 흑인이라고도 할 수 있을 텐데, 피부는 까만색에 가깝고 눈이 크고 머리카락과 눈썹들이 억새 보이는 사람들이라면 주로 인종보다는 지역으로 대신해 말을 해야 할 것 같습니다.

동남아시아.

환자분은 57세의 아저씨입니다. 얼굴은 할아버지라고 불러도 충분할 만큼 노안이지만, 분명히 나이는 57세가 맞습니다. 썩어버린 앞니와 빠진 어금니, 해성 해진 머리카락, 축 처진 얼굴 피부를 가진 자그마한 체구의 남자 환자분은 지금 치료실 천장만 바라보며 기도를 절개한 목을 통해 호흡을 하고 있습니다. 뇌출혈이었습니다. 그 옆에는 24시간 동안 돌봐주는 간병사가 있습니다. 보통 간병 비용 때문에 낮 12시간은 간병사가, 그리고 밤 12시간은 보호자가 간병을 하지만, 이 분의 경우 24시간 간병사가 상주해야 했습니다. 아내분이 일을 하시는 건 아니었고 단지, 아이들이 어린 초등학생이었기 때문입니다. 환자분 나이가 57세이신데 아이가 초등학교를 다닌다는 게 선뜻 이해하기 어려운 부분일 수 있습니다. 한참 계산을 하고 나서도 의문이 생기죠. 하지만, 아내분의 나이를 알게 되면 고개가 끄덕여질 수밖에 없습니다. 아내분이 어렸습니다. 그것도 아주 많이 어렸습니다. 스물한 살에 시집을 왔다고 합니다. 한국어는 서툰 정도가 아니라 인사말도 모르고 왔다니 한국이라는 나라가 얼마나 낯설고 힘들었을까요? 짐작하기 어렵습니다. 그런 아내에게 아저씨는 정성을 다했다고 합니다. 자신의 나라와 다를 바 없는 먼 나라의 시골에 시집온 나이 어린 아내에게 아저씨는 자신이 할 수 있는 모든 것을 다해서 사랑하고 아꼈다고 합니다. 이 말은 아내분에게 직접 들은 말이니 의심할 필요는 없을 것 같습니다.

많은 사람들이 동남아에서 시집온 여자분들을 대할 때

나이 많은 남자와 결혼한 다음 한국 국적을 취득하고 도망 가거나 남편이 가진 재산을 빼돌린다는 전제를 합니다. 그렇 게 믿는 사람들도 더러 있습니다. 못 사는 나라에서 시집을 왔기 때문이겠지요. 나이가 어린데도 불구하고 본인한테 시 집을 왔으니까요.

하지만 아저씨는 달랐습니다. 소 농장에서 받는 급여의 일 부를 조금씩 처가에 보냈다고 합니다. 아내 모르게 보냈던 건 아마 돈이 적어서 그랬을 것이라고 했습니다. 아저씨 성 격이었다고 했습니다. 그리고 일 년에 한 번씩 장모님 생신 때만큼은 꼭 아이들과 함께 친정에 보내줬다고 합니다. 자 신은 소 농장에서 하루 종일 일하기 때문에 돈 쓸 시간이 없다며 본인보다 아내와 아이들이 써야 한다고 했던 분이었 습니다. 늦게 낳은 아이를 사랑하고 아내를 아끼던 사람을, 그리고 그것을 온전히 느끼던 아내가 남편에게 갖는 마음이 과연 먼 나라의 나이 든 시골 아저씨였을까요? 아내분 역시 올 때마다 눈시울을 적시고 갑니다. 서툰 한국말로 "빨리 일어나." "집에 가자." "아이들 안 보고 싶어?"라는 말을 하 며 아저씨에게 볼을 비빕니다. 이 모습을 보는 의료진은 과 연 어떤 생각을 할까요?

많은 환자분들이 오십니다. 그만큼 가족의 수도 많습니다.

할머니가 할아버지를 간병하고 아내가 남편을 간병합니다. 엄마가 딸을 간병하고 동생이 형님을 간병하기도 합니다. 하지만 대부분이 간병사에게 맡깁니다. 형제·자매의 간병 형평성이 다르고, 각자의 생활이 있기 때문에 선택할 수밖에 없는 최선입니다. 자주 들러보는 가족들도 있고, 거의 오지 않는 가족들도 있습니다. 뭐가 좋다고 할 수는 없습니다. 자주 온다고 효자라고 할 수 없고, 안 온다고 불효자라고 할 수 없습니다.

한 가지 예를 들어 보겠습니다. 어떤 아들은 아버지의 보험금 수령 때문에 보험사 관계자와 자주 드나듭니다. 치료실에까지 들어와 의식 없이 기립 훈련하고 있는 아버지의 엄지손가락에 인주를 묻히기도 합니다. 반대로 오지 못하는 분들은 그리움에 지쳐 스스로 병을 얻기도 합니다. 이 광경을 매일 매년 지켜보는 재활치료사들은 항상 느낍니다. 가족의 사랑과 정이 느껴지는 환자분들에게서는 호전의 가능성이 보인다고. 재활이라는 것이 작은 관심과 이해가 절대적으로 필요한 과정이기 때문입니다. 하지만 그렇지 못한 환자분들의 경우 의료진도 관심을 갖기 힘듭니다. 물론, 의무와 책임은 다합니다. 가족 유무에 따라 다른 처방과 치료가 있는 것이 아니라 그에 따른 환자분의 피드백을 받기 어렵기 때문에 호전의 가능성 여부를 쉽게 파악하기 어렵다는 것입니다.

다시 아저씨의 이야기를 하겠습니다. 아저씨가 쓰러진 뒤 시댁이라 불리는 아저씨 형제들의 연락이 빗발쳤다고 합니다. 심지어 간병사에게도 아저씨의 상태를 묻는 듯하면서 아내분이 왔다 갔는지, 와서 뭘 하고 갔는지, 특히 달라진 건 없는지 등등의 아내분 일상을 묻는 전화가 수시로 온다고 했습니다. 이게 무슨 뜻일까요? 얼마 없는 재산이기는 해도 집도 있을 것이고 차도 있을 것입니다. 그리고 아저씨 앞으로 나올 보험금도 상당히 있을 것이고요. 그래도 아내가 있고 아이들이 있는데 설마 다른 일이 있을까요? 법적으로도 모든 게 아내분 앞으로 상속이 되는 게 맞는 것 같은데요. 그래서 더 시끄러워지는 것입니다. 물론, 형제분들의 걱정과 염려도 충분히 이해가 됩니다. 늙고 병들어버린 동생 혹은 형이 버림을 받지는 않을까? 어렵게 결혼해서 늦은 나이에 얻은 자식들이 아빠의 존재를 모르고 강제로 잊히지지는 않을까 하는 두려움도 있을 것이기 때문입니다. 아무도 모르게 생의 마지막을 맞게 되는 건 아닌지 걱정도 될 것입니다. 하지만 앞서 말한 지역적, 인종적 편견이 있었던 건 아닌지 되짚어 볼 일입니다. 서로 자주 들여다보고 모여 이야기하던 가족과 친척들이었다면 그 가정에 보내는 신뢰에 과연 의심이 끼어들 수 있었을까요?

아내분은 오늘도 오셨습니다. 그리고 천장만 바라보는 아저씨의 시선 안에 들어가 어제와 같이 안부를 묻고 용기를 줍니다. 그 모습을 지켜보던 간병사가 안타까운지 그 사이를 끼어듭니다. "나는 희준이 엄마 편이야. 같은 여자 편이니까 여기는 걱정 말아. 아이들 그늘 지지 않게 잘 키우고." "고맙습니다."라고 대답하는 서툰 억양에서 진심을 느꼈습니다.

아내분은 아저씨가 하시던 일을 이어서 하신다고 합니다. 농장 주인분도 사정을 잘 알고 계셨고, 무엇보다 아저씨의 성실함을 증언할 수 있는 유일한 분이었기 때문에 아내분이 일할 수 있었던 것이겠지요. 까무잡잡한 동남아시아 외국인이, 더구나 여성이 시골에서 안정된 일자리를 구한다는 것은 분명히 쉽지 않은 일이었습니다. 아저씨가 그랬듯이 이제는 아내분이 그 역할을 대신할 것입니다. 그리고 아이들도 다른 아이들과 다르게 철드는 속도가 눈에 띄게 빨라질 것이고요.

다 시

　중환자실 격리실에 짧은 파마머리의 젊은 여자 환자분이 누워계셨습니다. 다시 한번 이름과 병록 번호를 확인하고 여쭤봤습니다. "혹시 김소정 님 아니세요?" "제가 김소정인 데요. 왜요? 무슨 검사 있어요?" 환자분은 눈을 크게 뜨며 되물었습니다. "아닙니다. 베드 사이드(bedside) 물리치료 왔는데요." "그게 뭔데요?" "중환자실에 계시는 환자분들 물리치료 왔는데요. 혹시 어디 불편한 데 있으세요?"라고 다시 물었습니다. "아하, 저는 괜찮아요."라며 환자분은 다시 이불을 덮고 누웠지만 저는 살짝 당황했습니다. 보통 중환 자실 물리치료는 베드 사이드라는 치료 과정을 통해 물리치료 서비스를 제공합니다. 말 그대로 환자의 침대 옆에서 물리치료를 시행하게 되는데 주로 중환자들에게 관절 운동이나 흉곽 진동 운동, 부분 도수 치료 등을 제공합니다. 수술 후 회복 과정에서 신체의 중요한 반응을 살피고 각종 처치를 받으며 머무르게 되는 곳이 바로 중추신경계 중환자실입니다. 대부분 의식이 없는 환자분들입니다. 겨우 의식을 차리고 신체 반응이 호전되면 일반 병실로 나가게 되지만 김소정 님은 입원 복만 입었을 뿐 일반인과 다른 점은 보이지 않을 정도로 건강해 보였습니다. 머리가 조금 아프시다고 호소하실 뿐이었으니까요. 보통의 중환자들은 몸에 각종 장비들을 주렁주렁 달고 있습니다. 심한 환자분의 경우 인공호흡기, 콧줄, 소변줄, 산소포화도, 심전도, 혈압계, 배액관 등을 몸에 달고 있고 대변 해결을 위해 기저귀를 착용하고 있습니다. 그리고 의식이 없는 상태에서 몸에 부착된 다른 장비들을 손댈 수 있기 때문에 보호자 동의 후 억제대를 이용해 침대에 묶기도 합니다. 이런 환자분들만 계신 곳에서 반대로 아무런 증상이 없는 분들 보니 조금 의아했습니다. 그래서 당황했던 것이고 한편으로는 다행이라는 생각도 들었습니다. 다음날 가보니 환자분은 일반 병실로 가셨고, 물리치료 처방은 스스로 거부하셨습니다. 머리가 아픈 것이기 때문에 팔다리 물리치료는 크게 의미가 없을 것 같다고 하셨습니다.

　그렇게 한 달이 지났습니다. 병원에는 환자분들이 워낙 많아 동명이인이 흔합니다. 그래서 직원들은 환자분들의 이름과 병록 번호까지 습관적으로 확인할 수밖에 없습니다. '김소정 님? 어디서 들어본 것 같은데…' 평소와 다른 느낌으로 중환자실을 찾았지만 빡빡 깎은 머리를 보았을 때는 한 달 전의 그분과 같은 사람이라는 것을 눈치채지 못했습니다. 환자분들의 경우 머리 스타일이 바뀌면 쉽게 그전의 모습을 알아보기 어렵습니다. 특히, 여자분들의 경우는 더욱 그렇습니다. 이름과 병록 번호를 확인하고 치료를 하던 도중 누군가 말했습니다. 다시 오셨다고. 그 순간 이분이 제가 아는 김소정 님이었다는 것을 알게 됐습니다. 그리고 병록 번호를 다시 확인했습니다. 김소정 님이 맞았습니다. 하지만 이미 다른 환자분들처럼 많은 장비들을 부착하고 계셨고 무엇보다 의식이 없으셨습니다. 순간 기분이 좋지 않았습니다. 제가 알던 사람이 다쳐서 병원에 온 기분. 다시 말해, 아는 사람이 어제까지 멀쩡했다가 오늘은 의식 없이 누워있는 걸 보고 있는 기분이랄까요? 담당 간호사가 옆에 있었지만 차마 물을 수 없었습니다. 환자 기본 정보 때문에.

　그날 내내 안타까운 마음이 계속되었습니다. 멀쩡하던 분이 왜 다시 오게 되었을까?

일주일 뒤 중추신경계 손상 환자만을 전문으로 하는 물리치료실에서 김소정 님을 뵙고 재활을 시작했습니다. 돌아눕는 것부터 앉는 것, 앉아서 옷을 입고 신발 신는 등의 다양한 훈련을 하고 서고 걷는 등의 여러 단계의 훈련을 하면서 점점 좋아지셨습니다. 그리고 쓰러진 그날의 기억을 말씀해 주셨습니다. 자신이 아프게 된 것이 운동을 싫어하고 게을렀기 때문이라고 자책하셨다고 합니다. 그래서 퇴원하고 나서부터는 새벽 운동을 시작했고 9층의 집을 계단으로만 오르내렸다고 했습니다. 몸이 피곤해도 스스로 적응하는 과정이라고 진단했고 하다 보면 익숙해질 것이라며 참고 견뎠다고 했습니다. 그렇게 보름이 지나고 나서 1층 출입구에서 쓰러지셨습니다.

뇌질환 환자들의 퇴원 결정이 내려지는 건 사라지거나 완화된 증상을 추적 관찰하기 위해서입니다. 병원이라는 곳이 완치될 때까지 입원하는 곳이 아닙니다. 재활치료를 받고 있는 환자분들 중에서 일부는 증상을 스스로 진단해 버리는 바람에 치료 타이밍을 놓쳐 뒤늦게 입원하신 분들이 있습니다. 피곤해서 몸이 좋지 않다, 스트레스를 받아서 그렇다, 술을 너무 마셔서 그렇다, 어제 무리해서 그렇다, 안 하던 걸 해서 그렇다 등등의 다양한 자가 진단을 하면서 적절한 시기와 손쉬운 처치 방법을 놓쳐버리고 만 것입니다. 뇌 질환 전조증상이 있는지, 신체의 다른 증상이 갑자기 나타나는지 등을 꼼꼼하게 기록하고 예방하는 습관을 들여야 합니다. 스스로 할 수 있을 때 조금씩 준비하고 관리하는 것이 남은 삶을 건강하게 맞이하는 방법이기 때문입니다. 아프고 나서 아무리 열심히 운동하고 훈련해도 아프기 전으로 되돌릴 수 없습니다. 뇌 손상 질환으로 인한 신체 기능 장애는 절대 완치가 없습니다. 그 어느 누구도 완치를 보장해주지 않습니다. 그리고 그 생활은 우리가 상상하기 힘들 정도로 불편하고 어렵습니다.

중추신경계 물리치료실이라고 쓰인 치료실 안에는 대부분의 환자들이 뇌 손상 질환을 가지고 있습니다. 입원과 퇴원을 반복하며 열심히 치료에 참여하고 있지만 어제 못 걷던 분이 오늘 걸을 수는 없습니다. 오히려 나빠지지 않았다는 것으로도 위안을 삼아야 할 때가 있습니다. '하룻밤 자고 나면 괜찮아질 거야'라는 자가 진단은 돌이킬 수 없는 상황으로의 결과를 초래할 수 있습니다.

교수님

"권 박사님, 눈 좀 떠보세요. 권기정 박사님, 나예요!"

치료 도중 시선을 잡아당기는 소리가 들렸습니다. 머리가 하얀 환자분이 침대에 누워계셨고 그 옆에는 같은 색의 머리 색을 가진 여성분이 환자분에게 계속 말을 걸고 계셨습니다. '누구지? 교수님 지인인가?'라는 생각을 했고 점점 부담감이 더해져 갔습니다. 당시는 누구의 지인이라면 웃으며 할 수밖에 없었던 어린 치료사였기 때문입니다. '잘해드려야 한다'와 '꼭 호전이 있어야 한다'는 두 가지 부담감 안에 스스로 갇혀 있었던 그 시절에는 누구의 아는 사람이 가장 힘들었습니다. 그래서 제 귀는 그곳에서 헤어 나오지 못하고 있었습니다. 그분의 치료 순서가 된 다음에도 계속해서 여자분은 권 박사님, 권 교수님을 부르며 제 귀를 괴롭혔습니다. "우리 권 박사님 어떨 것 같아요? 선생님?" '또 권 박사님이네.' 마음속 언어가 들키지 않을까 조심스럽게 대답했습니다. "수술한 지 얼마 되지 않으셔서 뭐라 드릴 말씀이 없는데요. 우선 깨어나시면 그때 움직임 보고 말씀드리겠습니다. 상처도 낫는데 시간이 필요하듯 머리를 다치신 환자분들이라면 더 신중한 시간이 필요합니다. 너무 걱정 마세요." 라고 자못 신뢰도 있는 표정으로 상황을 모면했습니다.

알고 보니 그분은 지역 내 대학교 교학처에서 근무하시던 교수님이라고 했습니다. 인문학을 가르치시던 교수님으로, 지역 내 꽤 명망이 있으셨다고 했고 종교활동도 열심히 하셔서 지역뿐만 아니라 전국적으로도 작은 인지도를 가지고 계신다고 했습니다. 물론, 이 말은 남편을 권 박사님이라고 부르시던 머리가 하얗던 아내분의 말씀이었습니다.

아내분은 환자분을 지극 정성으로 간병하셨습니다. 아니, 지극 정성이라고 하기엔 뭔가 보기에도 듣기에도 낯선 상황들이 계속 벌어졌습니다. 물론, 제가 알고 있던 환자분과 보호자분의 흔한 모습이 아니었기 때문에 오해했을 수도 있습니다. 간병사가 있음에도 불구하고 매일을 출근하듯이 오셨습니다. 환자분에 대한 존경이라고 해야 할까요? 관심이 지나친 애정이라고 해야 할까요? 아니면 혹시 늦은 재혼? 별의별 생각을 하다 보니 두 분의 관계가 의심스러웠습니다. 치료사가 치료만 하는 게 아닙니다. 오해도 하고 의심도 하고 별의별 생각을 하면서 환자분과 가까워지게 됩니다. 물론, 멀어질 수도 있지만, 경력이 오래되면 멀어지는 것보다 처음부터 가깝게 지내지 않는 노하우가 생깁니다. 아내분은 간병사가 하는 모든 행동에 조심스러움을 요구했습니다. 식사를 챙겨드릴 때는 소리가 나지 않게 조용히, 대소변 처리 시에는 거친 행동으로 불편함을 느끼지 않도록 했으며, 몸을 씻겨드릴 때는 물 온도를 꼭 확인해 달라고 했습니다. 그렇게 간병사가 네 명이 바뀌었습니다.

이제는 혼자 걸어 다니고 일상이 가능할 만큼 얼굴도 좋아지셨습니다. 아내분의 노력은 분명히 환자분의 재활에 큰 기여를 했을 것입니다. 하지만 처음 보았던 아내분과 지금의 아내분이 조금 달라져 있었습니다. 얼굴도 말도 지친 모습이었습니다. 재활의 시간에 지쳤다기보다 사람들에게 지쳤다고 하셨습니다. 환자분이 다치기 전에는 항상 외부 활동을 같이 하셨습니다. 아내분도 같은 학교 교수였기 때문입니다. 같은 종교를 가졌고, 같은 취미와 생각으로 두 분은 서로를 필요로 하며 의지했습니다. 그리고 그분들 곁에는 많은 사람들이 인사를 건네고 안부를 물었습니다. 남편이 아니면 아내에게라도 눈인사를 하기 위해 맴돌던 사람들이 언제나 꾸준했습니다. 그렇게 두 분은 많은 사람들의 시선을 가져 갔습니다.

학교에 복직할 수 있을 만큼 기억력이 남아 있질 않았습니다. 일상 대화는 가능했지만, 장기 기억과 단기 기억이 모두 조금씩 손상을 받았습니다. 걸음걸이나 팔다리는 아프기 전과는 크게 다르지 않았고, 심지어 물리치료 실습 학생들조차 환자분과 보호자분을 구분하지 못할 정도였습니다. 그러나 대화를 몇 마디 하면 쉽게 알아챌 수 있었습니다. 특히 질문에 답하는 것을 어려워했습니다. 안녕하세요? 잘 지내시죠? 다음에 나오는 질문에는 머릿속에서 맴도는 답을 바로 꺼내지 못했고, 그 상황이 반복되면서 인사만 받는 식의 관계가 맺어지기 시작했던 것입니다. 그렇게 되다 보니 자연스럽게 가까이 지내던 지인들과는 거리가 생길 수밖에 없었습니다. 오랜만에 보는 반가운 교수들과의 인사는 주로 아내분이 차지했고, 가까운 친지들 역시 환자분보다는 아내분을 먼저 찾았습니다.

그래도 처음 안부를 들을 때까지는 괜찮았습니다. 하지만 가까운 사람들이다 보니 마주칠 기회가 많았고, 그때마다 아내를 먼저 찾는 과정이 계속 반복되면서 환자분은 점점 자신감을 잃어갔습니다. 아내분 역시 그때마다 사람들과 환자분 사이에서 아슬아슬한 줄타기를 하며 관계를 이어 갔습니다. 하지만 환자분은 점점 사람들과의 관계를 싫어하고 거부했으며 사람들 역시 이제는 전부 알아버린 환자분의 상태에 대해 거리를 두기 시작했습니다. 한때 존경받고 관심받던 남편이 이제는 누구도 찾지 않는 사람이 되어버린 것입니다. 그리고 그 스스로 자꾸 숨었습니다. 병원에서 치료를 받을 때도 자식보다 어린 치료사에게 이런저런 지시와 명령을 받다 보니 흥미를 잃어버리고 하지 않던 나쁜 말을 자주 하기 시작했습니다. 꼭 가야 할 병원마저 가지 않으려 했습니다. 아내분은 지쳐갔지만, 평생 존경하던 남편이었습니다. 자신마저 거리가 생긴다면 더 이상 회복의 가능성을 찾을 수 없을 것 같아 무서웠습니다.

아내분과 치료사의 상담이 있었습니다. 물리, 작업, 언어 치료사와의 흔하지 않는 상담이었습니다. 보통의 치료사들은 상태 지속과 호전을 위해 환자들을 훈련합니다. 다양한 평가와 측정을 통해 객관적 자료를 도출하고 그것을 바탕으로 치료의 근거를 삼습니다. 누구에게나 마찬가지입니다. 권기정 님은 직업이 교수였습니다. 그리고 많은 시간을 다른 사람들에게 생각을 전달하는 역할을 해왔습니다. 그래서 듣는 것보다 말하는 것에 더 익숙한 분이었습니다. 더구나 자신이 인정하지 않는 수준의 사람과는 완고하게 관계를 거부했다고 합니다. 물론, 상대가 눈치채지 못하는 기술을 발휘하며 순간을 무사히 넘기지만, 두 번 다시 같은 상황은 반복하지 않았습니다. 그래서 그를 가장 잘 아는 아내가 방안을 제시한 것입니다. 그리고 저희에게 조심스럽게 양해를 구했습니다.

"치료사 선생님들의 전문성을 절대 간과하거나 무시하는 게 아니에요. 단지, 권 박사님만 바라보고 말씀드리는 것이니 오해하지 말고 들어주세요." "말씀하세요. 치료사라고 전부 자신들이 계획한 치료 계획에 환자분들을 맞추려 하지 않습니다. 가장 중요한 건 보호자 분들이 갖는 생각이니까요." 가장 연장자이신 작업치료사 선생님이었습니다. "감사합니다. 선생님. 우선 치료 과정에서 권 박사님의 자존감을 조금 세워주세요. 질문을 받는 걸 굉장히 두려워하세요. 기억을 꺼내기 어려워서 그렇다는 건 모두 아실 테고요. 그리고 누가 뭘 시키는 것에 대해서도 자존심이 꽤 상하시는 것 같아요. 그래서 드리는 말씀인데…." 어렵게 꺼낸 말일수록 더욱 조심스러운 법입니다. "그냥 들어만 주세요. 정치나 경제, 역사에 대한 질문을 던져주시고 그 사람이 하는 말을 듣기만 해주세요. 물론, 방향을 잡아야 하는 순간도 있을 거예요. 하지만 지금은 그냥 그 사람이 말하는 걸 들어만 주세요." 순간, 치료사의 역할이 명령을 주고 자세와 동작을 해결하도록 감시하는 역할에 지나지 않았다는 것을 깨달았습니다. 듣고 보고 인정하는 것도 중요하다는 것을 깨우쳐 주신 아내분에게 치료사들은 약속했습니다. "좋은 방법일 것 같습니다. 저희도 권 박사님에게 좋은 말씀 많이 듣는 기회가 생겨 좋은데요?"

치료사를 포함한 의료진은 객관적 사실에 대한 결과를 가지고 의학적 판단을 합니다. 충분한 근거와 자료를 가지고 환자의 상황을 기록하지만 누구보다 환자를 잘 아는 것은 가족입니다. 그래서 재활은 세 파트가 참여해야 합니다. 의료진의 전문성과 환자 본인의 노력, 그리고 가족의 관심. 만일 주장이 강한 의료진의 경우 치료의 목표가 의학적 단계에 머무를 수밖에 없고 가능성이 충분함에도 환자 본인이 치료를 거부한다면 그 이상의 단계는 불가능할 것입니다. 그리고 그 부담이 모두 가족에게 돌아가겠지만, 가족마저 무관심하다면 환자의 삶의 질은 더 이상 기대하기 어렵게 됩니다. 그래서 재활이 어려운 것입니다.

한국 환자

분명히 한국 사람입니다. 통통한 얼굴에 검은 머리, 저와 같은 피부색. 그런데 말이 다릅니다. 사투리도 아니고 중국어도 아닙니다. 한 번도 들어보지 못한 말이었습니다. 여자분은 높은 억양으로 서툰 한국어를 했고 그런 여자에게 남자가 말을 하고 있었습니다. 차트를 보았습니다. 세 음절의 한국어 이름이 아닌 세 어절의 몽골이름. 외우기도 어렵고 뭐가 성이고 이름인지 분간이 되지 않았습니다. 제 나름대로 첫 어절의 세 음절에서 첫 음절을 제외한 나머지 두 음절로 한국식 이름을 만들었습니다. 타르 씨. 지금부터 그분의 이름은 타르 씨입니다.

두 부부가 대학원에서 박사과정을 밟고 있습니다. 여기 대학은 중국이나 서남아시아, 동남아시아에서 공부하러 온 외국인 많습니다. 머리가 노랗지 않아 멀리서 보면 모두가 한국 학생 같지만, 가까이서 보면 눈썹이나 머리 색의 농도가 많이 다릅니다. 물론, 그전에 다른 피부색으로 구별이 되지만 몽골인인 타르 씨의 경우 말을 하지 않으면 영락없이 한국인으로 보입니다. 외국 여행을 가면 중국인은 중국인대로, 일본인은 일본인대로 특유의 행동과 습관으로 쉽게 구분이 된다고 하지만 자주 접하지 못한 몽골인 같은 경우 그 차이를 눈치채기 어렵습니다.

오른쪽 편마비가 주된 증상이었습니다. 좌측 뇌의 경색으로 온 강직성 편마비. 젊은 사람이, 그것도 공부하는 학생이 아플 경우 스트레스가 많았을 것이라며 안타까워하지만 타르 씨는 이제 신입생이었습니다. 그의 아내가 박사 논문 학기 과정에 있었습니다. 따라서 공부 때문이라는 말은 타르 씨에게 어울리는 말이 아닐 수 있었습니다. 그는 몽골인이라는 자부심을 항상 술로 채웠습니다. 소주는 너무 약하다며 자신의 지인들을 통해 본국의 술만 고집하던 그는 당장이라도 터져버릴 듯한 배를 자랑스러워했고 그 때문에 고무줄 바지인 입원복이 자꾸 흘러내리고 있습니다.

역시 의사소통에 문제가 많았습니다. 타르 씨는 영어도,

일본어도 하지 못했습니다. 영어는 국제결혼을 한 후배가 있어 가능했고, 어려서 일본에서 살았던 후배가 있어 타르 씨가 두 언어 중 하나라도 할 수 있었다면 치료 과정은 한국인과 별다를 바 없이 진행될 수 있었습니다. 병원 통역 서비스는 영어와 중국어에 국한되어 있어 다른 아시아 지역에서 온 많은 외국인들은 그 혜택을 지원받기 어려웠습니다. 아프면 당연히 영어나 중국어를 할 줄 알아야 합니다. 타르 씨에게 혹시 술 언어가 있었다면 통역이 가능했겠지만 환자가 된 지금은 그 언어조차 사용할 수 없는 상황이 되었습니다. 타르 씨 아내의 도움이 절실했습니다. 나름 몽골에서 잘 사는 집안의 아내는 법을 공부하기 위해 한국에 왔다고 합니다. 머리까지 좋아 영어와 한국어를 곧잘 했습니다. 물론, 말하는 억양은 자연스럽지 못했지만 듣는 한국어는 바로바로 이해했고, 그 말을 다시 몽골어로 전한 뒤 다시 서툰 한국말로 남편의 답을 했습니다.

타르 씨 아내는 박사과정 논문 학기 과정에 있었습니다. 법 공부라는 게 한국어로 할 수 있지만, 한자가 대부분이었습니다. 한국인이라고 해도 쉽게 이해하지 못할 용어들을 공부하는데 아내분에게는 시간이 모자랐습니다. 잠을 자기에도 모자란 시간에 병원에 와서 남편을 통역하고 간병을 해야 했습니다. 그리고 자전거 타기나 트레드밀과 같은 말이 필요 없는 시간에는 대기실에 앉아 노트북과 책을 펼친 뒤 나머지 공부를 했습니다.

신체 기능으로 볼 때 타르 씨의 입원 생활은 혼자 지내기 충분했습니다. 충분히 걸을 수 있었고 화장실은 물론, 샤워까지 가능했습니다. 단지, 통역에 관한 문제가 있어 아내가 필요했던 것입니다. 그렇다면 환자의 사정을 헤아릴 수 있는 방안을 치료사 나름대로 마련해야 합니다. 의사나 간호사는 휴대폰으로 시술이나 검사에 대한 아내의 동의를 받으면 됩니다. 물론, 사후 동의서는 받아야겠지요. 하지만 물리치료는 치료사의 질문과 명령에 대한 피드백이 있어야 치료 과정을 이어나갈 수 있습니다. 휴대폰을 이용한다고 해도 동작 하나하나에 대한 통역 서비스를 받기에는 불편함이 많았습니다. 제가 몇 가지 몽골어를 배울 수도 있었지만 쓰거나 읽는 것은커녕 발음이 너무 어려웠습니다.

같은 과정을 겪어본 사람이 잘 아는 법입니다. 논문 학기 때 얼마나 시간이 부족한지. 그래서 그의 아내에게 제안을 했습니다. 어지러운지, 아픈지, 호흡을 뱉으라든지, 자세를 유지하라든지 와 같은 말들을 10가지를 만들어 각 순서를 외우게 했습니다. 저도 타르 씨도. 즉, No.1 하면 '자세를 유지하세요', No.2 하면 '호흡을 뱉으세요', No.3 하면 '발을 떼세요'처럼 서로가 각 순서에 대한 명령어를 만들어 외웠습니다. 그리고 모자란 부분은 보디랭귀지(body language)로 채워나갔습니다. No.1 & No.2 하면 자세를 유지하고 호흡을 뱉었습니다. 그리고 점점 호전이 되면 필요 없는 순서는 버리고 새로운 명령어 순서를 만들었습니다. 따라서 아내분은 하루 한 번 저녁에 와서 타르 씨의 얼굴만 보고 갔으며, 일주일에 한 번씩 치료실에 들러 명령어를 만들어줬습니다. 그렇게 3주가 지나 퇴원을 하고 타르 씨는 혼자 병원에 다닙니다. 물론, 택시를 타고 안내를 받기 위해 한국말도 많이 배웠습니다. 절실한 마음이 공부를 필요로 하게 하듯이, 몇몇 한국어를 구사하는 타르 씨는 아내의 공부에 방해가 되지 않았습니다.

치료사는 경험이 필요합니다. 그리고 상황에 맞는 아이디어도 필요합니다. 경험이 부족하면 많은 공부를 통해 간접경험으로 채워야 합니다. 같은 근육을 치료하더라도 손상원인과 목적에 따라 치료 방법이 달라집니다. 성인과 어린아이에 대한 접근이 다르고 뇌 손상과 척수 손상으로 인한 강직 조절 방법도 다릅니다. 그리고 무엇보다 환자분들이 적극적으로 참여해야 합니다. 자신의 상태를 솔직하게 말하고, 치료실 밖에서 해야 할 과제들도 충분히 연습해야 합니다. 치료사의 전문성에만 기대서는 안 됩니다.

의료진은 묻지 않는 이상 알려주지 않습니다. 병원뿐만 아니라 어디라도 마찬가지입니다. 어떤 걸 궁금해하는지 모르기 때문입니다. 검사를 해도 왜 하는지 알려주지 않고 회진 때에는 의료진끼리만 이야기합니다. 재활치료할 때에는 시키는 대로 잘 따라오라고 합니다. 당연합니다. 묻지 않으니까요. 환자는 자신이 해야 할 검사의 이유와 결과를 상세히 묻고, 회진 때에도 자신의 현재 상태를 상세히 알려야 합니다. 그리고 치료사에게는 당일 컨디션을 충분히 설명하고 치료의 목적과 목표를 묻고 같이 참여해야 합니다.

재활의 방법은 다양하고 어렵습니다. 한 사람만의 노력으로 절대 이루어지지 않습니다. 하지만 목적은 하나입니다. 환자의 더 나은 삶의 질을 위하는 것. 머나먼 타국에서 평생의 짐을 지게 된 타르 씨도 혼자 병원에 다닐 만큼 좋아졌습니다. 의료진의 책임감과 스스로의 노력이 지금의 타르 씨를 만들었다고 해도 과언이 아닐 것입니다. 초기에는 많이 힘들었다고 했습니다. 아내밖에 없는 먼 나라에서 꺼져버린 듯 깜깜한 앞날이 닥쳐왔을 때 한 발짝 내딛는 것도 많은 용기가 필요했다고 했습니다. 무엇보다 아내에게 들키지 않고 우는 것이 가장 힘들었다고 했습니다. 이제 타르 씨는 건강한 모습으로 변했습니다. 배는 홀쭉해지고 얼굴은 더욱 밝아졌습니다. 술 마시던 시간에 전공 공부와 한국어 공부를 하고 있으며 서툰 집안일을 하고 있다고 했습니다.

눈에 띄면 안 돼

"신발에 흙이 많이 묻었네요? 또 나무 흔들고 오셨죠? 이용만 님 때문에 병원 정원수가 남아나질 않게 생겼어요."

환자분의 신발에 묻은 흙이 꼭 유격훈련을 받고 온 이등병 군화마냥 지저분합니다.

이 분은 왼쪽 뇌의 지주막하 출혈로 인해 오른쪽 팔다리에 마비가 오신 50대 후반의 아저씨입니다.

아프시기 전에는 기원(棋院)을 운영하셨으며, 온종일 바둑판과 씨름하셨다고 합니다.

지금이야 상상할 수 없지만, 불과 몇 년 전까지만 하더라도 실내에서 흡연하는 아저씨들을 흔하게 볼 수 있었습니다. 집안에서조차 쉽게 재떨이를 발견할 수 있을 정도였으니 말입니다.

그 당시 기원은 대부분이 시간 여유가 있으신 어르신들이 자주 이용하시던 곳이었습니다. 따라서 이분들이 만드는 분위기가 곧 기원의 분위기라고 생각하시면 됩니다. 많은 분이 수 싸움을 통해 세상을 읽는 게 바둑이고, 그를 통해 삶을 통찰하기도 합니다. 하지만 대부분의 어르신들은 삶을 통찰하신다기보다 시간을 소비하러 오시는 분들이 많았습니다. 그리고 몇몇 분들은 시간의 과소비를 위해 내기 바둑을 선택하기도 하셨습니다. 주로 시간에 기대어 하루를 보내는 분들이시기에 딱히 이유를 가지고 오시지는 않지만, 그들 모두에게 공통점 하나가 있습니다. 재떨이 위로 수북이 쌓인 담배꽁초가 말해주듯, 하얀 담배 연기 속에서 모두가 바둑에 열중하고 있다는 것입니다. 담배를 먼저 끄는 사람이 내기에서 지기라도 하듯 계속되는 담배 연기 속에서 그들은 종일 바둑에 몰두합니다.

그 기원을 운영하시던 분이 이용만 님이십니다. 이용만 님 역시 하루 세 갑이라는 엄청난 양의 담배를 피우셨다고 했습니다. 한 갑에 20개비면 세 갑에 60개비입니다. 주무시는 8시간 빼고 나머지 16시간 동안 피워도 16분에 한 개비씩 피우셨다는 말이 됩니다. 이건 직접흡연만 계산했을 경우입니다. 간접흡연과 더불어 내기 하는 동안 이루어지는 스트레스까지 겹치니, 이건 쓰러지지 않고서는 도저히 버틸 수 없는 엄청난 양의 위험요소를 가지고 살아오셨던 것입니다.

쓰러지신 후 그나마 다행히 두 발로 걸으실 수 있을 만큼의 보행 능력을 가지고 계셨습니다. 누가 봐도 아픈 사람이라는 걸 단박에 알아차릴 수 있을 만큼, 딱 그만큼이었습니다. 팔은 다리보다 큰 강직이 존재했지만, 그나마 몸을 이용해 흔들 수 있으셨습니다. 그에 비해 손가락은 구부러져 스스로 펴지 못하셨습니다.

그 손을 두꺼운 나뭇가지에 끼웁니다.

그리고 팔과 함께 몸을 흔듭니다.

태풍에 흔들리는 나무처럼 다른 고요한 나무들과 비교되어 더욱 세차게 흔들립니다.

이것이 바로 그분의 운동방법입니다.

다리는 불편하지만 그나마 걸을 수 있으니, 움직이지 못하는 팔을 운동시키기 위해 고안한 그분만의 운동방법이 되겠습니다.

주차요원 아저씨와도 많이 싸우지만, 그분의 고집을 말릴 수 있는 사람은 아무도 없습니다. 말려도 소용없습니다. 막무가내로, 듣는 척도 하지 않으시니 말입니다.

그렇게 운동을 마치고 치료실에 오십니다. 힘 운동은 자기가 했으니 틀어진 몸을 바로 잡아달라고 하십니다. 운동은 그렇게 하시는 게 아니라고 해도 치료사의 능력으로는 도저히 설득시킬 수 없습니다.

그렇게 치료를 마치고 댁에 가십니다. 아침에 아내분이 차려놓은 점심을 드시고 일하러 가셔야 하기 때문입니다. 아내분은 요양병원에서 간병사 일을 하십니다. 아침 7시부터 저녁 7시까지 병원에 매여 있어야 하기 때문에 점심 정도는 환자분 혼자서 해결하셔야 합니다.

더는 기원을 유지할 수 없어 다른 직업을 선택해야만 했습니다. 그리고 그 직업에는 선택의 여지가 없었습니다. 아픈 몸을 이끌고 혼자서 직업을 구하기는 그리 만만한 세상이 아니었기 때문입니다. 동사무소에서 직업을 알선해주기는 했지만, 그 한계는 분명했고 종류는 제한적일 수밖에 없었습니다. 게다가 평생을 기원에서 일하시던 분이 질서를 지켜야 하는 직장에서 일하는 것 또한 쉽지 않은 일이었기 때문에 선택의 폭은 그리 넓지 않았습니다. 그리고 다른 사람과 어울리는 직업이 어렵다는 것쯤은 누구보다 환자분이 가장 잘 알고 계셨습니다.

그렇게 얻은 직장이 일명 '방방이'라고 하는 트램펄린

(trampoline) 놀이터에서 입장료를 받고 관리하는 일이었습니다. 겨우 한 달 생활하실 만큼의 용돈 벌이였지만, 그래도 일을 해서 받는 대가라는 자부심을 만들어 주기에는 충분했다고 하셨습니다. 아이들 방과 후 시간에 맞춰 출근해서 동사무소가 끝나는 시간에 맞춰 퇴근하는 일을 반복하셨습니다.

하지만 출퇴근이 쉽지만은 않았습니다. 거리가 멀다는 것도 이유가 되지 못했습니다. 채 10분이 걸리지 않는 거리였기 때문입니다. 계단이 많은 것도, 내리막길이 존재하는 것도 아니었습니다. 단지, 그 길에 왕복 8차선의 횡단보도가 있었을 뿐입니다.

횡단보도를 건너는 다양한 사람들이 있습니다.

어른, 아이 할 것 없이 다양한 모습과 인상으로 길을 건넙니다. 그들은 주어진 시간에 건널 수 있는 여유가 있지만, 그 시간이 누구보다 무섭고 두려운 사람도 있습니다. 횡단보도가 길면 길수록 그들의 두려움은 증가합니다. 그리고 그 두려움은 몸의 긴장을 만들고 강직을 유도하게 됩니다.

많은 사람과 부딪힐까 두렵고, 제시간에 건너지 못할까 두렵습니다. 정지선에 서 있는 수많은 자동차에서 자신을 쳐다보며 자기들끼리 속닥거릴까 봐 신경이 쓰입니다. 아직 잘 걷지도 못하는데 신경 써야 할 게 너무 많습니다.

횡단보도가 무섭다.

그는 항상 창이 긴 모자를 씁니다.

그것도 깊숙이…. 절대 눈에 띄지 않도록.

어떻게 하실지

멸치 대가리만 남은 접시와 빈 막걸리 통에서 두 노인네의
소박함을 엿볼 수 있습니다.

"형님 괜찮겠어요?"

"괜찮혀. 한두 번이간이."

걱정스러운 눈빛으로 바라보는 동생을 뒤로하고 성큼 자
전거에 올라탔습니다. 꽤 많이 드셨는데도, 걷는 모습에서
취기는 느껴지지 않았습니다.

형님은 오히려 걱정하지 말라는 듯 손짓으로 인사까지 남
기셨습니다.

'이게 팔만 원이나 한다고? 그것도 이틀에? 식사가 한 끼
에 육천 원이라고 했지…. 팔만 원이면 열세 끼. 이틀 동안

팔만 원짜리 맞느니 한 끼에 육천 원짜리 먹는 게 낫지. 두 배가 넘는 금액인데….'

"나 이거 안 맞아요. 그냥 밥으로 줘요. 그래도 씹고 삼켜야 힘이 나지. 뭐 이딴 거 맞아봐야 오줌만 쌀 테고."

"할아버지는 아직 못 삼켜요. 잘못하다 사레라도 걸리면 큰일 난다니까요."

"…."

간호사는 달래듯 혼내는 말투로 설득시켜보지만, 이내 눈을 감고 답을 하지 않습니다.

"아휴, 정말…! 이번 한 번만이에요. 절대 국은 드시지 마시고 물도 마찬가지고요. 옆에서 여사님이 잘 봐주세요. 무슨 일 있으면 바로 호출하시고요."

간호사는 간병사의 눈을 보며 신호를 보내고, 간병사는 짧은 대답으로 거래를 완성합니다.

"네."

"참! 그리고 이따 오후에 MRI 있어요."

병실에 흘려놓은 이 한마디는 당장 할아버지의 입을 열게 했습니다.

"뭔 놈의 MRI를 맨날 찍냐고? 안 찍어!"

할아버지는 자전거 페달에서 발이 빠지면서 넘어지셨습니

다. 불과 1m도 채 안 되는 높이에서 떨어져 목뼈가 부러진 것입니다. 보름 전 겨우 1차 수술을 끝내고, 지금은 2차 수술을 기다리고 계십니다. 할아버지는 넘어진 상황에 비해 부상이 심한 경우로, 소위 잠김 증후군(locked-in syndrome) 환자와 유사한 상태라고 할 수 있습니다. 쉽게 말해, 목 아래로는 아무것도 할 수도 없고, 어떤 것도 느끼실 수 없습니다.

다행히도 머리는 다치지 않아 보고 듣는 것으로 상황을 판단하고, 충분히 자신의 의견을 강요할 수 있었습니다. 하지만 그 때문에 오히려 지금 이 사달이 나고 있는 것입니다.

할아버지는 별다른 수입원 없이 부부의 연금으로 생계를 이어오셨습니다. 할머니는 집 옆에 있는 조그만 밭을 일구는 재미로 사셨고, 할아버지는 주로 할머니 속을 썩이는 재미로 사셨습니다. 하루가 멀다고 술을 드시는 통에 할머니는 매일 근심과 걱정 속에서 사셔야 했고, 결국 그렇게 좋아하시던 술 때문에 사고가 나셨습니다.

할아버지는 수술 후 회복기간 동안 온몸 구석구석이 아프고 저리다고 주무시지 않았습니다. 지금은 컨디션에 따라 수면제를 사용할 수 있을 만큼 상황이 나아지기는 했지만, 그렇다고 통증이 사라진 건 아니었습니다. 오히려 상태가 좋지 않을 때는 밤새도록 아프다고 주물러 달라고 하는 통에 할머니뿐만 아니라 병실 사람들 모두가 잠을 잘 수 없었습니다. 하다못해 간병사도 그만두었습니다.

온몸의 운동 신경과 감각신경이 마비되신 분들은 그 자체가 가장 큰 후유증이기도 하지만, 이로 인한 합병증이 더 큰 문제를 불러오는 경우가 많습니다. 특히, 할아버지의 경우 보호자의 역할이 중요했습니다. 말씀하시는 것 빼고는 혼자서 하실 수 있는 게 단 하나도 없었기 때문에 간호하는 보호자의 역할에 따라 상태가 유지되거나 악화될 수 있었습니다.

병실에는 환자분 외에도 다양한 관계의 보호자들이 있습니다. 물론, 간병사가 대부분이기는 하지만, 시골 분들의 경우 간병비의 부담 때문에 직접 간병하는 경우가 많습니다. 며느리가 시어머니를 간병하기도 하고, 아들이 아버지를 간병하기도 합니다. 이렇게 환자분에 비해 젊은 분들이 간병을 하기도 하지만, 할머니가 할아버지를 또는 할아버지가 할머니를 직접 간병하는 배우자 간병이 훨씬 많은 비중을 차지합니다.

할머니를 간병하는 할아버지들의 경우 휠체어를 태우거나 이동시키는 데 있어 나름 장점이 있는 반면, 할머니가 할아버지를 간병하는 경우에는 전문 간병인 못지않게 보살필 수 있는 섬세함을 가지고 있다는 것이 장점이라고 할 수 있습니다.

하지만 역할을 바꿔도 될 만큼 허리가 굽은 시골 할머니가 딱딱하고 차가운 보조침대에 적응한다는 것 자체부터가 쉬운 일은 아니었습니다. 더구나 시간마다 체위를 변경하고, 대·소변을 정리하고, 혹시나 짓무르거나 냄새가 나지는 않을까 매일 씻기고 닦는 일을 반복한다는 것은 고령의 할머니에게 불가능에 가까운 일들이었습니다.

더욱이 온몸을 놔버린 할아버지를 병간호한다는 것은 젊은 사람들에게도, 간병사에게도 쉽지 않은 일이었습니다. 모든 일에 입으로 간섭하는 할아버지와 밤마다 주물러 달라는 할아버지까지 사이에서 할머니는 굽은 등 한번 펴지 못하고 정성스레 병간호하셨습니다.

심지어 들지 못하면 끌고서라도 뒤집지 못하면 밀어내서라도 자세를 바꿔주기 위해 갖은 노력을 하셨지만, 그 마음과 달리 할머니의 체력은 쉽게 떨어졌습니다. 하필 그때 할아버지의 엉덩이에 욕창이 생기기 시작했습니다. 끌고 밀다 보니 침대 바닥과 연한 살이 쓸리면서 조금씩 욕창이 진행되고 있었던 것입니다. 이제는 욕창 때문에라도 체위변경에 더 많은 신경을 써야 했습니다. 반듯이 눕히지 못하고 항상 좌우로 눕혀야 했으며 팔과 다리에는 수많은 베개로 지지해야 했습니다.

이제는 욕창이 심해 다른 병원으로 갈 수도 없습니다. 신경외과를 거쳐 재활의학과, 성형외과까지 하루가 멀다고 이루어지는 이런저런 처치와 치료, 시술에 따른 비용도 감당할 수 없을 만큼 불어나기 시작했습니다. 이제는 제 몸의 회복보다 감당할 수 없는 병원비에 노부부는 점점 지쳐가고 있었습니다. 이제 할아버지는 돈이 들어가는 온갖 것들에 대해 거부하기 시작하셨습니다. 욕창 치료 외에는 그 어떤 것도 거부하셨습니다. 어렵게 중간납부까지는 해결됐지만, 그 이후 끝을 모르고 들어갈 치료비가 막막했기 때문입니다. 할머니는 주말마다 자식들과 친척들을 찾아 돈을 구하러 다니셨지만, 이렇다 할 성과는 없었습니다.

두 분의 능력은 딱 거기까지였던 것 같습니다. 그 뒤로는 치료실에서도, 병실에서도 뵐 수 없었습니다….

단 짝

저희 치료실에는 단짝 우정을 자랑하는 환자분들이 계십니다.

이른 아침, 직원들보다 먼저 내원하셔서 모닝커피를 즐기시는 참 세련된 분들이십니다.

한 분은 병원에서 버스로 2시간 거리에 있는 시골에서 오십니다. 아침 6시 반에 출발하는 시외버스에서 다시 시내버스로 갈아타고 오셔야 하는 번거로움을 마다하고 오십니다. 무엇보다 집에서 30분 이상 불편한 걸음으로 걸어 나와야 버스를 타실 수 있다는 말씀에 더욱 놀랄 수밖에 없었습니다. 비가 오면 더 일찍 나오시고, 눈이 오면 조금 더 일찍 나오신다고 합니다. 물론, 가실 때도 같은 시간과 같은 거리를 이용하실 수밖에 없지만, 단 한 번도 치료 스케줄에 빠지지 않고 오셨습니다. 그 친구분은 병원에서 멀리 떨어지지 않은 가까운 곳에 살고 계십니다. 직접 운전하고 다니실 정도로 보행과 생활이 가능하시지만, 섬세한 동작의 불안정으로 인해 재활치료를 받고 계시는 분입니다.

누가 누구를 더 좋아하고 챙기는지는 잘 모르겠습니다. 먼저 오면 기다리고, 눈앞에 없으면 찾으러 다니십니다.

치료는 핑계일 뿐 두 분은 대기실에 앉아 있는 시간이 더 많습니다. 이야기를 들어보면 별다른 내용도 없습니다. 주로 간밤에 보고 들은 뉴스에 관한 이야기들과 집안 이야기들 뿐이었습니다. 이 내용을 가지고 번갈아가면서 살을 붙였다 뺏다 하며 결국 제 자리로 돌아오시곤 했습니다.

시골은 모두가 일하러 나가야 하기 때문에 한가로이 자신을 살펴줄 사람이 없다고 하셨습니다. 새벽에 나가 해가 져야 돌아오는 가족들과 매일이 한가한 환자분과는 그 차이를 메꾸기 힘들다고 하셨습니다. 그리고 아내의 멸시와 냉대 속에서 매일 눈치 보며 살아야 하는 친구분 역시 힘들기는 마찬가지였습니다. 심지어 집안에서 숨 쉬는 것조차 버겁다고 하셨습니다.

두 분 모두 집안의 가장이라기보다 천덕꾸러기에 가까웠

습니다. 아침, 점심, 저녁 식사를 모두 챙겨야 한다는 부담감보다 눈앞에 보이는 모습 그 자체를 싫어했다고 했습니다. 그도 그럴 것이 가만히 앉아서 온종일 잔소리만 한다면 가족이라도 견디기 힘들었을 것입니다.

가만히 지켜보면 두 분도 역할이 나뉩니다. 자판기에서 항상 커피를 뽑아 오시는 분과 앉아서 드시는 분, 대기실 아무 의자에나 앉는 분과 항상 그 옆자리에 앉는 분, 재활치료가 끝난 분과 치료 중 갑자기 약속이 생기시는 분으로 역할을 분담하시고는 합니다.

보고 있으면 참 재미있는 분들입니다.

이분들도 가끔은 싸우기도 하십니다.

"아들놈이 결혼자금을 미리 빼달라고 하더라고. 아니, 지가 돈 맡겨 놨어?"

다시 생각해도 화가 나셨나 봅니다.

"어차피 줄 돈이면 사업하는 데 보태게 일찍 달라고 하더라고. 돈가스 장사를 한다나 뭐라나? 나 참 어이가 없어서 …"

"그래서?"

"그래서는 뭘 그래서야? 못 준다고 했지. 아니, 부모는 당연히 해줘야 하는 거야? 설령 그렇다고 하더라도 그렇게 말하면 안 되지. 어디서 버릇없이….”

찌푸린 미간 사이로 새어 나오는 목소리가 단호합니다.

“그런데 그 녀석 장가갈 때 뭐라도 해줄 거 아냐?”

한 손에 든 두 잔의 커피가 불안해 보입니다.

“그래도 그건 아니지. 아무리 부모라지만 그렇게 말하면
안 되지.”

“아, 뜨거워라. 어차피 줄 거라면 미리 주는 것도 나쁘지
않지. 나 같으면 홀가분하겠고만.”

손에 묻은 커피를 바지에 닦습니다. 그리고 깨끗한 잔을
골라 친구분에게 건넵니다.

“그놈이 그 돈을 어떻게 쓸 줄 알고…. 바로 사업이야 한다
면 당연히 줘야지. 근데 분명히 다른 꿍꿍이가 있어.”

“설마 그 큰돈 가지고 딴짓이야 하려고….”

“설마 같은 소리 하고 있네. 네가 그놈 속을 들어가 봤냐?
내가 한두 번 속은 게 아니야.”

“그래서 뭐 어떻게 하려고?”

“조금 더 지켜봐야지.”

“뭐야? 그럼 결국, 안 주겠다는 거잖아.”

“잘 들어. 그 거 내 돈이야. 내가 이렇게 되도록 뼈 빠지게
번 돈이라고.”

여태 커피를 손에 들고 결론이 무엇인지 기대했던 친구분은 허무함에 다시 커피를 내려놓았습니다.

"에휴…!"

친구분이 한숨을 내쉽니다.

이제 대화의 주도권이 바뀝니다.

"나는 마누라 때문에 죽겠다."

"왜 또?"

처음 듣는 하소연마냥 표정에 궁금함을 가득 담습니다.

"마누라가 나만 보면 이혼해 달란다. 답답해 죽겠다고 얼마나 짜증을 내는지…."

"뭐가 답답하다고?"

"나만 보면 답답하대. 괜히. 숨 막혀 죽겠다고…. 세끼 밥 차려 줘야지, 시중들어야지, 눈치 봐야지."

"제수씨가? 일 다니는 것도 아니잖아? 집에서 논다면서."

"그러게 말이다."

한숨은 끝을 모르고 길어집니다.

"그렇게 스트레스받을 바엔 그냥 해줘 버려. 위자료 같은 거 한 푼도 주지 말고."

"뭐라고?"

생각보다 일찍 결론을 내버린 상대에 당황한 듯 되물었습니다.

"나이 먹으면 찬밥 되는 거야. 게다가 반신불수 남편이 뭐가 좋다고 끼고 살겠냐?"

"누구 좋으라고 이혼을 해줘. 안 해. 절대 못 해."

상대가 부인이라도 되는 듯 고개를 돌려 쳐다보지도 않습니다.

이렇게 전세를 역전시키며 서로가 대화의 상대가 되어줍니다. 누구의 승패도 없이 오늘도 이어지는 그들의 대화는 다음에도 같은 수준으로 이어질 것입니다. 서로가 필요한 존재임을 너무나 잘 알고 있으니까요.

싸워도 좋으니 빠지지 않고 열심히 오셨으면 좋겠습니다.

대답해주세요

재활의학과 병동입니다.

보통 병실에서는 각자 안타까운 사연을 가진 환자들이 자신의 처지를 토로하며 친해지기도 하고, 위안을 받기도 합니다. 이들은 같은 현실에 처한 사람들에게서 친근함을 느끼고, 자신보다 더 안타까운 사연을 가진 사람들에게서 삶의 위안을 받으며 병원생활을 하고 있습니다. 하지만 다른 병동과 달리 재활의학과 병동은 환자들뿐만 아니라, 그들을 간호하는 보호자들에게도 새로운 삶의 시작을 설계해야만 하는, 안타까워질 수밖에 없는 사연이 만들어지는 곳이기도 합니다. 다시 말해 재활 병동이라는 곳이 뇌졸중을 비롯한 각종 사고로 인해 신체에 영구 장애를 갖게 된 분들에게는 삶의 의지를 다지는 결의의 장소가 될 수도 있지만, 그들을 바라보는 보호자들에게는 막막한 미래에 한숨짓는 비통한 장소가 될 수 있다는 것입니다.

무슨 수를 써서라도 걸어보겠다는 단단한 의지를 보이는 분들과 삶의 목적을 잃어버리고 천장만 바라보고 계신 분들, 자신의 존재 가치를 잊어버리고 새로운 가치를 찾아 헤매시는 분들이 계신 이곳에서는 마음껏 효도하지 못한 자식들의 눈물이 흘러넘치기도 하고, 아픈 자식을 낳은 부모의 죄스러움이 사무치는 모습도 심심치 않게 볼 수 있습니다.

가끔은 연세가 지긋한 백발의 할머니가 할아버지를 위하는 모습에서 삶의 마지막을 예상해 보기도 합니다.

*

여기 병실 환자분들 역시 다양한 사연으로 입원하셨습니다.

창가 쪽 베드의 환자분을 간호하시는 보호자분의 말씀입니다.

"주일 아침이었어요. 교회에 가는 날은 항상 일찍부터 서둘러야 했어요. 남편이 교회집사님이라 일찍 가서 성도들을 맞이해야 했거든요. 오시는 분마다 일일이 손잡고 인사하는 걸 참 좋아했던 사람이라….

그런데 그날따라 남편에게서 평소와 다른 낯선 분위기가 느껴지는 거예요. 식사하시면서 별말씀도 없으셨고, 많이 드시지도 않았어요. 그렇게 식사하시고 일어서시는데 갑자기 의자 아래로 쓰러지셨어요.

평소 남편이 부정맥이 있었거든요. 그래서인지 항상 가슴이 답답하다고 했어요. 가끔은 호흡 곤란을 호소하기도 했고…. 그래서 꾸준히 정기검진도 받았어요. 심장 초음파도 받아보고, 심전도도 받아보고…. 그러나 그렇게 조심하고 경계했는데도 결국 쓰러지고 말았어요. 뇌경색이었어요.

이게 뇌출혈과는 또 다르다고 하더라고요. 증상은 비교적 경미하다고는 했는데…. 그런데 남편은 부정맥 환자라서 언제 재발할지 모르는 위험한 상태라고 했어요. 가슴에 시한폭탄 하나 달고 산다고 생각하라고….

항상 첫 번째 기도는 남편 건강이었어요. 오랫동안 아파왔던 것도 그렇지만, 저와 아이들을 위해서라도 남편이 건강해야 했어요. 그다음이 우리 가족이 오랫동안 행복하게 사는 거였고요. 정말 간절하게 기도했는데, 남편은 그 간절함을 무시해 버리고 말았어요."

*

건너편 베드의 주인은 근육병을 가진 아이였습니다. 서서히 근육의 힘이 없어지면서 서지도, 걷지도 못하다가 결국 호흡근까지 마비되는 병이었습니다. 친구들과 달리 유난히도 짧은 삶을 부여받은 아이는 그 삶을 조금이라도 미뤄볼 힘을 기르기 위해 입원치료를 받고 있습니다.

이번에는 그 아이의 엄마가 말합니다.

"창민이는 다른 아이들도 어려서부터 병원에 다닌다고 생각해요. 그리고 몸이 다 나으면 학교에 가는 걸로 알고 있구요."

"지금 다리의 힘을 기르고 호흡근을 단련시켜야만 해요. 그렇지 않으면 근육이 빨리 약해지거든요. 하지만 아이도 한계가 있어서 쉽게 피곤해 하더라구요. 적정선을 지키지 못하면 오히려 근육이 약화된다고 하니까, 저 역시도 이러지도 저러지도 못하고 있어요.

언제쯤 걷지 못할지, 언제쯤 팔을 못 쓸지, 언제쯤 생을 마감할지 아무도 모르는 상황에서 그저 형벌을 기다리는 마음으로 자식을 지켜봐야 하는데…. 그 마음을 누가 이해할 수 있을까요? 그저 아이를 보고 있으면 살이 찢겨 나가는 것 같아요."

*

이들은 누가 더 아프다고 손을 들어줄 수 없을 만큼 서로가 힘든 시간을 보내고 있습니다. 각자의 삶에서 가장 어려운 시간을 보내고 있는 지금, 이들은 환자의 완치를 무엇보다 절실하게 말하지만, 그 불가능을 누구보다 잘 알고 있기 때문에 막연하게 뱉을 수만 있는 말은 아니었습니다.

막막한 현실에 답답한 미래가 뒤엉켜 오늘도 한숨으로 넘겨야 했습니다.

과연 이들은 선택받은 사람들일까요, 선택받지 못한 사람들일까요?

만일 이들이 선택받은 사람들이라면 어떠한 근거로 그들을 선택할 수밖에 없었는지 분명한 해명을 해야 할 것입니다. 왜 이들이 그 고통 속에서 살을 에는 아픔을 겪어야 하는지, 더구나 당사자뿐만 아니라 그 곁에 있는 사람들까지 아픔에 동참해야 하는지 반드시 이해할 만한 근거로 그들을 설득해야 할 것입니다. 설령, 선택받지 못한 이유였다면 '왜 당신의 말을 따르고, 살아있는 모든 이에게 당신의 가르침을 전파했던 그에게, 그리고 세상모르고 태어난 그 어린 것에게 짧은 생을 선물할 수밖에 없었는지, 당신의 그 속

좁은 선택을 어떤 핑계로 구차하게 변명을 하실 건가요?'라고 많은 사람들이 신이라 이름 붙인 당신에게 꼭 물어보고 싶었습니다.

하지만 오늘도 당신은 우리의 간절한 요구에도 대답하지 않았습니다. 이 간절한 마음을 아는지, 모르는지 대답이 없는 당신에게 이제 더 이상 기대지는 못할 것 같습니다. 그저 이 애타는 마음이 고통 속에서 헤매더라도 그 하루를 무사히 넘기는 데 최선을 다하겠습니다. 예정된 운명을 거스르는 대가가 그 얼마나 무서울지는 몰라도 우리에게는 이미 그 예정된 삶보다 더 고통스러운 삶이 기다리고 있기 때문입니다. 하루하루를 최선을 다해 살겠습니다.

치료 종료

'오늘은 오셔야 하는데…'

아직까지 치료실에 나타나지 않으신 오숙자 님의 처방이 접수되지 않은 것으로 보아 결석이 분명했지만, 섣불리 판단할 수는 없었습니다. 치료시간에 늦게 오시는 경우도 종종 있었기 때문입니다.

"여보세요. 선생님 오늘 오숙자 님 오셨어요?"

접수실에 문의했지만, 확실한 대답을 들을 수는 없었습니다.

물리치료 시간이 끝나가고 있었지만, 오숙자 님은 아직 내원하지 않으셨습니다. 요즘 들어 결석이 잦아 치료 스케줄 조절이 불가피하다고 말씀드려야 했지만, 오늘도 오시지 않앉습니다. 벌써 3주째입니다.

사고라도 난건 아닌지….

오숙자 님은 보행이 불편해 전동 휠체어를 타고 다닙니다. 일어서기는 가능하지만, 보행에 있어 체중 이동을 전혀 할 수 없었기 때문에 외부로 나가야 할 경우에는 항상 전동 휠체어를 사용했습니다. 자신의 힘으로 갈 수 없는 먼 거리도 빠르게 이동할 수 있고, 더구나 한 손 조작이 가능하기 때문에 오숙자 님에게 전동휠체어는 몸의 일부와 같은 존재였습니다.

쉽게 넘어지지 않을 뿐만 아니라 벨트만 잘 착용하면 안전하게 이동할 수 있어 주로 시장이나 병원에 오갈 때 이용하셨습니다.

물론, 비가 오는 날에는 어쩔 수 없이 집안에 갇혀 있어야 했습니다. 배터리 충전량에 따라 이동 거리나 시간을 계산해야 했습니다. 만일 방전이라도 될 경우에는 오도 가도 못하는 신세가 될 수 있기 때문입니다. 한번은 시장을 다녀오는 길에 비를 만나 서두르던 참에 앞바퀴가 보도블록 사이에 빠져 넘어진 적이 있었습니다. 사람의 왕래가 적어 도움을 청하기도 어려웠지만, 무엇보다 무거운 전동휠체어를 한 손으로 세워야 했습니다. 혼자서기도 어려운 상황에서 휠체어를 세워야 했고, 여기저기 널브러진 짐들을 주워담아야 했습니다. 도저히 불가능한 일을 앞에 두고 비까지 내리고 있었습니다. 정말 아무것도 할 수 없었습니다. 지나던 길을 후진해 자동차에서 내린 두 부부께서 도와주셨기 망정이지, 모두가 그냥 지나쳤다면 매우 위험한 상황이었을 것입니다. 남편분은 휠체어를 세워주시고, 짐을 바구니에 담아 묶어주셨습니다. 그동안 아내분이 우산을 받쳐주셨습니다.

남편은 넘어졌다고 말하면 절대 나가지 못하게 했던 사람이라고 하셨습니다. 그러나 얼굴의 상처가 그 핑계를 대신하기에는 너무 컸습니다. 걱정하는 사람과 미안한 사람 사이에서 또다시 언쟁이 벌어졌습니다. 하지만 그것도 잠시, 집 안에만 있는 조용한 아내보다 외출 후 밝아지는 아내에게 남편은 져줄 수밖에 없었습니다.

많은 사람들이 오른손잡이 환자가 오른쪽에 마비가 올 경우 손 사용이 제한돼 많은 어려움이 있을 것으로 생각합니다. 맞는 말이긴 하지만, 오른쪽 팔다리를 담당하는 왼쪽 뇌의 경우 언어중추까지 손상되는 경우가 많아 더 큰 후유장해를 만들게 됩니다. 신체장애와 함께 언어까지 빼앗아 가버린 이 병은 어디에 하소연하기도 쉽지 않은 무서운 질병입니다.

그렇다고 어떤 대화나 의사소통 없이 재활치료를 진행할

수는 없습니다. 환자분의 전신 상태를 살펴야 치료계획을
세울 수 있기 때문입니다. 이들에게서 움직임의 범위와 느
낌, 아픈 정도에 대한 피드백을 설정해야 합니다. 하지만 운
동신경의 마비와 더불어 감각신경까지 마비된 한쪽의 신체
는 본인의 의지대로 움직이지 않고 잘 느끼지도 못합니다.
더구나 언어까지 장애가 있으신 분들의 경우에는 그 과정의
한계를 넘어서기 어렵습니다. 전문가라면 한 손으로 대신하
는 모든 움직임과 입으로 내는 모든 소리에 귀를 기울여야
합니다. 어떻게 해서라도 들어야 합니다.

"어디 불편한 곳은 없으세요?"

"…"

경력의 치료사와 신입 치료사와는 여기서 차이가 납니다.
물론, 경력이 실력을 말하는 것은 아니지만, 경험을 통한 환
자의 습관이나 심리파악은 분명히 차이가 납니다.

오숙자 님의 말씀이 뭉개져 들립니다. 그리고 말씀을 길게
하시기 힘들어 주로 단어만 사용하는 특징을 보입니다.

"어… 화… 화."

화장실에 다녀오시겠다는 말씀입니다.

"스… 하…."

아프시다는 말씀입니다.

그분의 말씀을 알아듣는 게 재미있어 집중하다 보면 어느 덧 대화가 이루어집니다.

"또 갔어요? 아. 똑같다구요?"

"저… 저…."

"저 선생님이랑 똑같이 생겼다구요?"

"이…예."

"무슨 말씀이에요. 제가 더 잘 생겼죠."

말이 통하는 사람이 있다는 건 행복한 일입니다.

오숙자 님은 유난히도 저를 예뻐하셨습니다. 혼자 사는 저를 위해 김치를 담가서 가져다주시기도 합니다. 배추김치부터 파김치, 고들빼기까지 다양한 김치를 조그만 통에 넣어 휠체어 앞 바구니에 싣고 오십니다.

지난겨울에는 치료날짜가 아닌 시간에 오셔서 찐빵을 선물해주고 가셨습니다. 그 멀고 추운 거리를 검은 봉지에 꽁꽁 싸매서 품 안에 담아 오신 것입니다. 일하고 나면 배고프다고 했더니 그걸 기억하시고 집 근처 찐빵집에서 사오신 것입니다.

그 뒤로는 오숙자 님 앞에서는 어떤 말이라도 조심스러워야 했습니다.

"여보세요? 혹시 오숙자 님 댁 아닌가요?"

"맞는데요."

"안녕하세요. 여기 대학병원 물리치료실입니다. 요즘 오숙자 님이 치료실에 오지 않으셔서 연락드렸는데요."

"…."

"여보세요?"

"네…. 엄마…, 열흘 전에 돌아가셨어요."

"네?"

"3주 전에…, 머리에 다시 출혈이 있어서요…. 일주일 정도 중환자실에 계시다…."

"그래요…? 죄송합니다. 인사드리지 못해서…."

"아녜요. 죄송하기는요. 저희끼리 조용히 치르기로 해서 알리지 않았어요. 그리고 엄마가 선생님 이야기 많이 했어요. 참 좋은 분이라고…. 대신 인사 드릴게요. 감사했습니다."

*

"어이, 박 선생. 뭔 일 있어?"

"…."

의료 발전

의료기술이 많이 발전했습니다. 암도 완치가 어렵다고는 하지만 생존율이 눈에 띄게 높아졌고 절개를 해야 했던 일부 뇌질환은 절개 없이 당일 시술로 당일 퇴원이 가능해졌습니다. 입사 초기만 하더라도 많은 질환들이 피부를 자르고 뼈를 깎아야만 원인 부위에 접근이 가능했습니다. 따라서 손상 부위의 기능 상실보다 절개로 인한 합병증 발생 여부에 더 세심한 주의가 필요했던 게 사실입니다. 그래서 회복도 늦었습니다.

당시에는 치료실을 내원하는 뇌 손상 환자의 경우 증상 위주로 쉽게 분류가 가능했습니다. 강직성 편마비, 이완성 편마비, 사지마비 등 마비 부위와 마비 증상에 따른 근육의 성질 변화를 특정 지어 분류했던 것입니다. 물론 지주막하 출혈, 뇌 내출혈, 어느 부위 경색 등 진단명이 있기는 했지만 현장에서는 증상이 있는 신체를 특징으로 구분을 하는 게 우선이었습니다. 또 다른 뇌 질환 중 하나인 뇌성마비 환자들 역시 비슷한 기준으로 구분이 되었습니다. 강직형, 이완형, 실조형, 무정위형 등 근육의 성질 변화가 더욱 다양한 것이 특징이 되어 그 분류가 조금 더 많았을 뿐입니다.

　20년이 가깝게 흐른 지금은 어떨까요? 웬만한 뇌질환은 자기공명영상장치(MRI) 촬영 후 그 자리에서 시술로 해결이 가능합니다. 더 세밀한 촬영이 가능한 영상기술과 시술이 가능한 장비의 발전으로 적은 인력과 작은 공간에서 당일 처치가 가능하게 된 것입니다. 그래서 지금은 환자별 특성 분류 기준이 더 까다로워졌습니다. 뇌질환으로 인한 수술이 필요한 환자들의 경우 뇌경색 환자보다 뇌출혈 환자 비율이 많아진 것입니다. 당시 생존이 위험했던 뇌출혈 환자들이 지금은 그 비율에 속할 수 있게 된 것입니다. 절반에 가까웠던 뇌경색 환자 비율이 줄어든 반면 뇌출혈 환자의 비율이 늘어나면서, 신체 기능이 자발적으로 회복되는 비율은 줄어들고 있습니다. 일부의 경우 호흡 중추까지 침범해 생존 문제를 곧바로 야기하기도 합니다.

생체 반응이 안정기에 접어든 환자들은 곧바로 다양한 치료 접근이 가능하도록 치료실 내 재활을 우선합니다. 치료실 이동 중에도 산소통과 충전식 인공호흡기를 이용해 안전 조치를 따로 마련합니다. 누워서 하루의 대부분을 보내는 환자들에게는 앉기와 서기의 훈련들이 상당한 효과를 가져오기 때문입니다. 치료사는 곁에서 혈압이나 호흡과 같은 중요한 생체반응과 신체반응을 살피고 기록하고, 이러한 과정이 반복되면서 환자들은 호전을 보이게 됩니다.

뇌성마비 환자 역시 뇌실 주위 백질 연화증(PVL, Periventricular Leukomalacia)으로 대표되는 증상으로 내원했던 환자가 많았던 반면에 염색체 이상 질환이 많아졌습니다. 사람의 염색체 수가 많은 만큼 그 이름까지 다양한 질환들이 생기면서 치료 형태가 근육의 성질 변화보다 그 질환의 전체적인 특성에 점점 맞춰지고 있는 것입니다. 우선 젊은 부모들이 임신 전에 생각하는 건강관리에 대한 경각심이 달라졌고, 각종 산전 검사들이 발달하고 종류가 많아지면서 조기에 발견에 따른 일부의 대처가 가능해진 것입니다. 물론 지역이나 시기에 따라 달라질 수 있으며, 병원 특성에 국한된 지엽적인 해석일 수 있지만 제 경험에 의하면 그렇다는 것입니다.

의료 기술 발전은 경증 환자와 중증 환자의 폭을 확대시켰고, 이에 따라 재활 대상자의 범위가 확대되었습니다. 단순 물리, 작업, 언어치료에서 벗어나 암 환자를 위한 임파 부종 치료, 중증 호흡재활치료, 심장재활치료, 인지치료, 감각 통합치료, 일상생활 동작치료, 삼킴 치료, 로봇 치료 등으로 치료 분야가 세분화되었고, 일반 매트에서 벗어나 물의 부력이나 천장에 매달린 줄을 이용하는 등의 다양한 치료 방법들이 시도되고 있습니다.

경증의 환자들에게는 일상의 복귀, 중증의 환자들에게는 보다 나은 삶의 질을 약속하기 위해서는 서로 많은 시간과 노력이 필요합니다. 아무리 치료의 방법들이 다양해졌다고는 하지만 재활이라는 것이 환자 자신의 노력이 절대적으로 필요한 과정이기 때문입니다. 그러나 아이러니하게도 치료 과정을 살펴보면 중증 환자에 비해 경증 환자의 증상 완화 속도가 늦어질 때가 있습니다. 바로 대신하는 기능을 사용하기 때문입니다. 경증 환자들은 왼손이 불편하면 오른손으로 하고, 자세가 바르지 않더라도 순간을 해결해 버립니다. 한 예로 한쪽 팔이 불편할 경우 나머지 정상 측의 팔을 몸에 고정시켜 제한하는 치료 방법이 있습니다. 강제 억제 유도 치료(Constraint-induced Movement Therapy)라고 하지요.

대신할 수 없게 만드는 치료방법입니다.

하지만 중증 환자의 경우 대신할 수 있는 게 아무것도 없습니다. 그래서 치료받을수록 좋아집니다. 잠을 잘 잔다든지, 호흡이 편해진다든지, 혈압이 안정되는 등의 생체 징후부터 어지럼증 극복까지, 긍정적인 반응들이 나타날 수 있습니다. 그러나 이런 긍정적인 반응 뒤에는 중증 환자 보호자의 절대적인 역할이 있습니다. 영양섭취부터 배설, 위생을 위한 간병, 욕창 방지를 위한 간호 등 환자에게 필요한 모든 걸 보호자가 도맡아 해야 합니다. 이 시기에는 차라리 간병사를 두는 게 나은 시기일 수 있습니다. 가래 배출이나 욕창 관리와 같은 중증 환자 간호가 두렵고 낯설 수 있기 때문입니다. 만일 상당한 간병 비용 때문에 보호자 간병을 해야만 한다면 반드시 간호사의 도움을 구하시길 바랍니다. 그전에 같은 병실의 다른 보호자가 도움을 줄 수도 있습니다. 같은 입장이니까요. 그렇게 어느 정도 경험이 쌓이면 자격증 없는 간병사의 역할을 할 수 있을 만큼 든든한 보호자가 될 수 있습니다.

하지만 여전히 중증인 상태가 지속되고 있습니다. 살릴 수 있는 기술은 있어도 더 낫게 하는 기술은 아직 발전이 더딘가 봅니다. 아직은 좁디좁은 보조 침대에서 하루를 보내고,

라면이나 냉동 밥, 김치나 젓갈 같은 오랜 냉장보관이 가능한 반찬으로 끼니를 대신하며 기다려야 합니다. 보호자의 자리는 이렇습니다.

오래전 20대 초반의 젊은 남자 환자분은 인지는 정상인 반면 인공호흡기 없이는 한순간도 살 수 없는 중증의 환자였습니다. 그는 퇴직하신 부모님의 간병을 받고 있었습니다. 아무리 중환자라고 해도 체격이 크면 간병사들이 꺼려합니다. 어쩔 수 없이 부모의 간병을 받으며 2년이 넘는 시간 동안 병원 생활을 이어왔습니다. 결국 두 분 모두 큰 병을 얻게 되셨고, 그 모습을 환자분이 알고 있었습니다. 얼마 되지 않아 환자분은 짧은 생을 마감해야 했지만, 그 과정을 굉장히 힘들어했습니다. 어떤 선택도 할 수 없는 자신을 계속 원망하기만 했습니다.

재활치료사가 해야 할 임무 중 가장 중요한 것 중 하나가 환자가 가진 능력을 향상시켜 주는 것도 있지만, 가진 능력을 어떻게 배분하느냐 하는 것 또한 중요한 임무입니다. 적절한 능력 배분을 통해서 신체 기능 향상과 증상 완화를 쉽게 이끌어 내도록 계획을 세워줘야 합니다. 하지만 그에 못지않게 중요한 일이 바로 보호자 교육입니다. 단순히 치료실에서 치료받고 끝나는 게 아니라 일상에 적용하도록 감시하고 교육하는 역할을 해야 하기 때문입니다. 그래서 보호자가 힘들고 어렵습니다. 간병과 더불어 치료사 보조 역할도 해야 하니까요. 물론 전문적인 간병사를 둬도 좋습니다. 하지만 환자에 대한 예의, 존경 등을 강제할 수는 없을 것입니다.

아픈 환자에게는 아플 수 있는 시간입니다. 하지만 보호자들은 그 시간이 끝나야만 자신을 돌볼 수 있습니다. 그래서 그 시간을 잘 견딜 수 있게 치료사들이 도와줘야 합니다. 결국 환자의 기능 호전이라는 것이 보호자가 해야 하는 도움의 양을 줄여주는 것이기 때문입니다.

뇌성마비나 다른 질환으로 태어나면서 아픔을 가진 아이들에게는 성장 발달에 맞춘 치료가 필요합니다. 어른들처럼 정체된 상태의 신체를 훈련하는 것이 아니라 성장하는 신체에 맞게 훈련하고 교육해야 합니다. 뜻대로 되지 않습니다. 아프지만 아이들이기 때문입니다. 어른들처럼 동기부여가 쉽지 않습니다. 부모의 마음과 다르게 행동하는 아이를 혼낼 수도 없습니다. 이런 부모의 마음을 위로하고 교육하는 것 또한 치료사의 몫이기도 합니다. 어떻게 하더라도 부모의 마음일 수는 없습니다. 그래도 희망을 갖고 치료에 적극적일 수 있도록 보듬어야 합니다.

아픈 아이를 가진 많은 부모들이 기도합니다. 생의 어느 순간이라 해도 좋으니 단 하루만이라도 그 아픈 시간이 멈추었으면 좋겠다고. 생의 중간이면 좋을 것이고, 본인 생의 하루 전이면 더 좋겠다고 말입니다.

보호자라는 자리가 이렇습니다. 환자보다 덜 아파야 하고, 치료사보다 더 바빠야 하는 자리, 그리고 항상 희망을 가져야 하는 자리. 아무리 의료 기술이 발전한다고 해도 절대 대신할 수 없는 자리. 그래서 더 외롭고 힘든 자리가 보호자입니다. 그래서 치료사라면 환자만 바라보기보다 그 곁에 있는 보호자도 함께 바라볼 수 있는 능력을 갖춰야 할 것입니다. 그런 치료사라면 세상 그 어떤 장비보다 나은 역할을 할 수 있기 때문입니다. 그리고 환자가 마음 놓고 아프고, 보호자가 편히 간병할 수 있는 정책과 제도가 뒷받침되어야 할 것입니다. 우리 모두를 위해서 말입니다.